야외 수영장

야외 수영장

빌 그멜링 지음 … **전은경** 옮김

라임

차례

뜻밖의 일

우리는 실내 수영장 중에서 수영을 못하는 사람들만 모여 있는 얕은 풀장 안에 있었다. 카팅카와 나는 로비에게 수영 시범을 보이는 중이었다. 로비는 계속 허우적거리다가 물을 연거푸 먹고는 정신 나간 사람처럼 기침을 해 댔다. 카팅카는 로비를 데리고 얼른 물에서 나와 등을 두드려 주었다.

로비는 포기하지 않았다. 우리의 설명을 따라 다리를 열심히 버둥거렸다. 물에 처음 들어간 강아지 같았다. 수영을 할 줄은 알았지만, 혼자 물속에 있는 걸 무서워했다.

풀장 옆에는 누워서 쉴 수 있는 휴식용 의자가 늘어서 있었다. 의자 하나에 아주머니가 누운 채 잡지를 읽었다. 그 옆 의자에는 아주머니가 데려온 아기가 기저귀만 찬 채 앉아서 발가락을 꼬물거렸다. 그러다 지루한지 칭얼거리기 시작했다.

그때 갑자기 휴대폰에서 벨 소리가 울렸다. 아주머니는 전화를 받더니, 큰 소리로 수다를 떨기 시작했다. 목소리가 어찌나 큰지 수영장에 있는 사람들이 모두 들을 수 있을 정도였다. 처음엔 뭐가 그리 재미있는지 까르르 웃다가, 얼마 뒤 얼굴이 벌게질 만큼 흥분을 했다. 이윽고 아주머니가 휴대폰에 대고 욕을 퍼부었다.

“너, 그 금발머리 여자랑 뭔가 있지? 나도 다 알아!”

아주머니는 너무 화가 나서 다른 건 아무것도 눈에 들어오지 않는 듯했다. 그사이에 아기는 의자에서 기어 내려와 풀장으로 아장아장 걸어갔다. 나와 카팅카는 그 모습을 처음부터 지켜보고 있었지만, 내심 ‘별일 없겠지.’ 하는 마음으로 눈길을 거두었다.

그런데 바로 그때, ‘첨벙!’ 하는 소리가 났다.

아기가 물에 빠진 것이다! 아기는 아까 수영 연습을 하던 로비처럼 팔다리를 마구 버둥거렸다. 아무래도 물을 많이 삼킨 듯했다. 우리는 다급한 마음에 의자 쪽을 바라보았지만, 아주머니는 통화하는 데 정신이 완전히 팔려 있었다. 자기 아기에게 무슨 일이 벌어졌는지도 모르고! 게다가 수영장 안전 요원은 유리벽이 둘러쳐진 초소에 앉아 컴퓨터 화면만 뚫어져라 들여다보는 중이었다.

이제 아기는 머리카락만 살짝 보일 만큼 물에 잠겨 버렸다. 나와 카팅카는 더 이상 망설이지 않고 풀장 가장자리로 헤엄쳐 갔다. 나는 잠수해서 아기의 팔을 잡은 뒤 단숨에 물 위로 끌어올렸다. 하지만 아기가 너무 조용해서, 혹시라도 죽은 게 아닌지 겁이 덜컥 났다. 다행히 아기가 곧 비명을 지르며 울기 시작했다! 얼굴이 새빨개지도록 목청껏 울음을 터뜨렸다.

아주머니는 그제야 아기가 옆에 없다는 걸 알아챘다. 우리는 팔을 높게 들고 아주머니에게 손짓을 했다. 아주머니는 고함을 내지르더니 휴대폰을 떨어뜨리며 곧장 우리에게로 달려왔다. 나한테서 아기를 낚아채고는 엉엉 울더니 대뜸 우리에게 욕을 퍼부었다! 정말 어이가 없었다.

그 소란을 듣고서야 안전 요원이 달려왔다. 무슨 일이 있었는지 설명하자, 안전 요원은 아기가 물을 많이 삼켜 뇌손상을 입었을지도 모른다며 급히 구급차를 불렀다.

다행히 아기는 다친 데 없이 모든 게 정상이었다. 아주머니는 그제야 마음을 놓고서 우리에게 고맙다며 몇 번이고 머리를 숙였다. 그때 어떤 아저씨가 나타났다. 신문사에서 일한다나 어쩐다나 하면서 우리와 아기를 안은 아주머니를 나란히 세우고 사진을 찍었다.

우리는 순식간에 유명해졌다. 그동안 학교에서 아무도 관심을 보이지 않았는데, 그날 이후로 너나없이 우리를 힐끔거렸다.

놀랍게도 며칠 후엔 실내 수영장 관리소장 아저씨가 집으로 찾아왔다. 배가 불룩 튀어나온 아저씨는 커다란 손으로 한 명 한 명 악수를 청하더니 난데없이 칭찬을 늘어놓았다. 우리는 며칠 동안 필요 이상의 관심을 받으며 시달린 탓에, 정말이지 이제는 그만했으면 좋겠다는 생각이 들었다.

"아기의 생명을 구한 영웅들에게 상을 주려고 왔단다! 너희가 보여 준 용기에 뭔가 보답을 해 주고 싶어서."

관리소장 아저씨가 기쁨에 찬 표정으로 말했다. 우리는 말뜻을 알아듣지 못해 그저 아저씨를 멀뚱멀뚱 쳐다보기만 했다.

"자, 이번 여름 내내 야외 수영장을 무료로 이용할 수 있는 자유 이용권이야. 수영하고 싶을 땐 언제든지 와!"

세상에! 우리는 너무너무 기쁜 나머지 고개를 마구 끄덕였다. 야외 수영장은 5월 15일에 문을 연다고 했다. 지금은 4월 말이었다.

이게 우리가 이번 여름에 매일 야외 수영장에서 시간을 보내게 된 이유이다. 다들 우리에게 영웅이라고 했지만 그건 사실이 아니었다. 우리는 단지 그때 우연히 사고 현장 근처에 있었을 뿐이다. 아무튼 그 덕분에 이번 여름 내내 수영장에 갈 수 있었다. 5월 15일부터 9월 15일까지. 엄청나게 더워도, 비가 억수같이 퍼부어도 우리는 수영장으로 갔다.

평소에는 그렇게 수영장에 갈 기회가 없었으니까. 그러니까 내 말은, 부모님이 우리에게 그렇게 해 줄 수 없다는 뜻이다. 수영장뿐 아니라 어디로 가거나, 뭘 하거나 할 수 있는 돈이 없었다. 로비는 물에 들어가야 하는데.

야외 수영장

로비의 원래 이름은 로베르트다. 나는 알프레드지만 모두 알프라고 부른다. 처음에는 그렇게 불리는 게 싫어서 화를 내기도 했다. 하지만 이제는 아니다. 이 이름이 좋다. 참, 카팅카는 그냥 카팅카다.

우리 가족은 게오르크 엘저 거리, 그러니까 철로 뒤편에 있는 주택가에 산다. 나는 열세 살, 카팅카는 열 살, 로비는 일곱 살이다. 엄마는 역 앞 빵집에서 일하고, 아빠는 택시를 운전한다. 집은 거실 하나에 방 두 칸이다. 방 하나는 엄마 아빠가, 다른 하나는 우리가 쓴다. 부엌과 욕실은 있지만 발코니는 없다.

하지만 여름 내내 야외 수영장에 갈 수 있는데 발코니 같은 게 왜 필요할까? 매일매일 탁 트인 하늘 아래에서 지낼 수 있는데.

10미터짜리 다이빙대가 설치되어 있는 데다 필요한 건 뭐든 살 수 있는 매점이 있는 곳, 바로 옆에 분데스리가 축구 팀이 연습을 하는 훈련장이 있는 곳. 그곳이 우리가 가는 야외 수영장이다.

이런 곳에서 놀고 있으면 여름이 영영 끝나지 않을 것 같겠지?

5월 15일은 날씨가 꽤 더웠다. 나와 카팅카는 학교 수업이 끝나자 바사 로비를 데리러 어린이집으로 갔다. 로비는 잔뜩 화가 난 채 한쪽 구석에 쪼그리고 앉아 있었다. 어떤 남자아이가 로비가 제일 좋아하는 장난감 자동차를 빼앗은 것이다.

카팅카는 그 말을 듣자마자 그 아이에게 당장 달려들려고 했다. 나는 재빨리 카팅카의 팔을 붙잡았다. 그건 좋지 않은 방법이었다. 그리고 지금 우리는 야외 수영장에 갈 거니까. 카팅카는 그 아이에게 주먹을 들어 보였다. 하지만 그 애는 내 동생을 전혀 무서워하지 않았다. 그저 히죽 웃기만 했다.

우리는 밖으로 나와 나란히 걸었다. 버스 탈 돈이 없어서 수영장까지 걸어가야 했다. 이렇게 걷는 일에 익숙해져야 할 것이다. 돈은 내일도, 모레도 없을 테니까.

강을 건너자 카페가 죽 늘어선 동네가 나왔다. 사람들이 바깥에 앉아 갖가지 음료를 마시고 있었다. 로비가 탄산음료를 마시고 있는 아저씨를 가리키며 말했다.

"나도 저거 마실래."

"안 돼, 너무 비싸."

나는 단호한 목소리로 대답했다. 엄마가 3유로를 줬는데, 세 명이 함께 쓸 돈이었다. 로비는 뾰로통한 표정을 지었지만 더는 고집을 부리지 않았다. 우리는 그냥 계속 걸어갔다.

케이크나 아이스크림을 먹는 사람들을 수없이 지나쳤다. 나는 이 길을 다시는 지나가지 않겠다고 다짐했다. 주머니에 돈이 이렇게 조금일 때는, 그리고 로비 손을 잡고 가야 할 때는.

넓은 도로를 지나자 축구 훈련장이 보였다. 그 뒤쪽이 바로 야외 수영장이었다. 로비가 내 손을 놓고 달리기 시작했다. 카팅카가 그 뒤를 따라 달렸다. 나는 웃음이 터졌다.

우리는 매표소에서 자유 이용권을 꺼내 보였다. 매표소에 앉아 있는 아주머니는 미심쩍은 표정으로 우리를 흘긋 보더니 옆자리의 동료 직원이랑 잠시 소곤거렸다. 그러고는 어딘가에 전화를 걸었다. 아마 관리소장 아저씨에게 거는 것 같았다.

몇 분 동안 기다린 끝에 우리는 마침내 수영장에 들어갔다.

부모님과 함께 이곳에 몇 번 온 적이 있다. 안으로 들어가면 제일 먼저 보이는 건 넓은 풀밭이다. 그 뒤에 풀장이 여러 개 있다. 하나는 아주 어린 아이들을 위한 풀장, 또 하나는 미끄럼틀이 있는 얕은 풀장, 그 옆은 다이빙을 할 수 있는 풀장, 그 뒤쪽은 50미터 레인이 있는 넓은 풀장이다.

개장 첫날인 데다 햇살이 따갑게 쏟아져서 사람들이 분명히 많을 거라고 생각했는데, 실제로는 그렇지 않았다. 우리는 풀밭 한쪽에 미리 챙겨 온 깔개를 펼치고 자리를 잡은 다음 수영복으로 갈아입었다. 그러고는 미끄럼틀이 있는 풀장으로 달려가 바로 물에 텀벙 뛰어들었다. 세상에, 물이 어마어마하게 차가웠다!

실내 수영장은 언제나 물이 편안할 만큼 미지근했다. 얕은 풀장일수록 더욱 따뜻했다. 그런데 이곳은 그렇지 않았다. 마치 엄청나게 많은 각 얼음을 풀장에 쏟아부은 것 같았다. 카팅카와 나는 곧바로 튀어나왔다. 그런데 로비는 물에 그대로 남아 있었다. 심지어 무척 즐거워했다. 로비에게 이 정도 차가움쯤은 아무렇지 않은 모양이었다. 기분이 꽤 좋은지 물속에서 팔다리를 첨벙거리며 돌아다녔다. 우리는 혹시나 하는 마음에 로비에게서 눈을 떼지 않았다.

그때 아저씨 한 명이 다가오더니 우리 옆에 떡 버티고 섰다. 아주 커다란 공을 삼킨 것처럼 배가 툭 튀어나와 있었다. 콧수염이 엄청나게 길어서 흡사 바다코끼리처럼 보였다.

카팅카가 그 아저씨에게 다가가 말을 걸었다.

"물이 무진장 차가워요. 어떻게 조치를 해 주셔야 하는 거 아니에요?"

아저씨는 딱딱한 말투로 대답했다.

"시에 항의해. 여긴 급탕을 하지 않아."

"왜요?"

카팅카가 되물었다.

"돈이 많이 드니까."

아저씨는 큰 소리로 으르렁거렸다.

"너희가 자유 이용권을 가지고 온 아이들이지? 실내 수영장 관리소장님한테 이야기 들었다. 그런데 부모님은 어디 계시니?"

"같이 안 오셨는데요? 일하시거든요."

"흠! 동생 잘 봐라. 저 애랑 같이 꼭 얕은 풀장에서만 놀아. 알았지? 내가 지켜볼 거다."

이번에는 내가 대답했다.

"그럼요, 우리 모두 수영할 줄 알아요."

아저씨는 그 말에 감탄하지 않았다. 딱딱한 표정으로 우리 얼굴을 흘긋 보고는 발길을 돌렸다.

로비가 우리에게 손짓을 하며 물에 들어오라고 했다. 사람이 거의 없어서일까? 넓은 풀장을 독차지한 로비는 무척이나 행복해 보였다. 아니, 조금 외로운 것 같기도 했다. 물장구를 치며 나와 카팅카의 이름을 번갈아 불렀다. 카팅카가 로비를 빤히 바라보다가 말했다.

"우리도 들어가자."

차가운 물속에 한참 있으면 그 온도에 몸이 익숙해진다. 여기서 중요한 점은 계속 움직여야 한다는 것이다. 그러다 보면 물이 얼마나 차가운지 느끼지 못하게 되니까.

우리는 물속에서 여러 가지 놀이를 했다. 로비는 그중에서 상어 놀이를 가장 좋아했다. 카팅카와 내가 주위를 빙빙 돌면서 상어처럼 달려들어 깨물면 로비가 날쌔게 피하는 거다.

로비는 딱히 장애가 있거나 발달이 더딘 건 아니다. 그저 좀 다를 뿐이다. 그림도 꼭 아기나 외계인이 그린 것 같다. 알록달록한 선만 휘갈겨 그리니까. 또 말보다는 손가락으로 가리키는 걸 더 좋아한다.

가만히 있다가 갑자기 화를 크게 낼 때도 있다. 누군가 개미를 밟거나 코코아를 쏟으면 불쑥 울기도 한다. 로비는 원래 그렇다. 더 어렸을 땐 엄마 아빠가 로비를 데리고 의사 선생님들을 여러 번 찾아가기도 했다. 다들 괜찮다고 말했다.

우리는 몸이 새파래질 때까지 풀장 안에서 놀다가 밖으로 나와 햇볕을 쬐었다. 로비는 물속에 더 있고 싶어 했지만 그냥 끌고 나왔다. 수건으로 몸을 대충 닦은 다음 깔개 위에 벌러덩 누웠다. 그러자 허기가 몰려왔다.

"감자튀김 먹고 싶다."

카팅카가 문득 이렇게 내뱉었다. 그 말에 로비가 맞장구를 쳤다.

"나도! 냠냠 맛있겠다!"

마침 매점에서 감자튀김을 팔고 있었다. 나는 동생들을 데리고 매점 안으로 들어갔다. 판매대 앞으로 다가가 2인분을 주문했다.

"아주 많이 주세요!"

카팅카가 신이 나서 말했다.

"우린 세 명이거든요. 그리고 배가 무지무지 고파요!"

매점 아저씨가 빙긋 웃으며 케첩과 마요네즈 중 무얼 뿌려 줄지 물었다.

"두 개 다 뿌려 주세요. 아주 많이요!"

카팅카가 대답했다. 아저씨는 두 가지 모두 아주 많이 뿌린 뒤 작은 쟁반에 담아 주었다. 매점에는 탄산음료와 젤리, 아이스크림 등 맛있는 간식거리가 무척 많았다. 로비가 눈동자를 이리저리 빠르게 굴리면서 먹고 싶은 걸 죄다 가리켰다. 나는 로비를 부드럽게 타일렀다.

"안 돼, 우린 지금 돈을 다 썼어."

감자튀김이 담긴 쟁반을 들고 매점 밖으로 나가려는데, 여자아이가 성큼 안으로 들어왔다. 긴 갈색 머리칼에 하얀색 티셔츠와 바지를 입고 있었다. 그 아이 때문일까? 나는 잠시 햇빛을 정면으로 받은 듯 눈이 부셨다. 그리고 약간 어지러웠다…….

쨍그랑! 순간, 쟁반이 내 손에서 미끄러졌다. 물에 젖어 축축한 바닥에 감자튀김이 떨어지고 말았다.

"아이참, 이 멍청이!"

카팅카가 화가 나서 욕을 퍼부었다. 로비는 울음을 터뜨리더니 아예 바닥에 주저앉아 감자튀김을 주워 먹기 시작했다. 뒤에서 그 모습을 보고 있던 아저씨가 다급하게 소리쳤다.

"안 돼, 먹지 마! 다시 해 줄게."

"정말요?"

카팅카가 고개를 번쩍 들고 물었다.

"그래, 오늘은 내 생일이니까!"

아저씨가 대답했다.

"우아! 선물은 많이 받으셨어요?"

"아니."

"왜요?"

"그게, 선물을 줄 사람이 없어서 말이야……."

"아저씨, 몇 살인데요?"

"마흔아홉 살."

"우리 아빠보다 나이가 더 많네요! 무진장 늙었어요!"

카팅카가 목소리를 높였다.

"흐음."

아저씨는 장난스런 표정을 지어 보이고는 새로 만든 감자튀김을 우리에게 건넸다. 모양도 양도 아까와 똑같았다!

"감사합니다."

카팅카와 나는 허리를 굽혀 인사했다. 로비는 아저씨를 그저 빤히 쳐다보기만 했다.

우리는 자리로 돌아와 감자튀김을 맛있게 먹었다. 그러고 나서 햇볕을 조금 더 쬐다가, 다시 물에 들어가 로비에게 수영을 가르쳐 주었다. 로비는 도무지 알아듣지를 못했다. 그래서 작은 미끄럼틀로 데리고 갔다. 로비는 잔뜩 신이 나서 쉬지 않고 미끄럼틀을 탔다. 쉰 번도 넘게 탄 후에야 지쳐서 그만두었다.

"우리, 내일은 큰 미끄럼틀을 타자."

내 말에 로비가 웃음을 터뜨렸다. 카팅카가 놀리듯이 말했다.

"너는 안 돼. 그건 여덟 살부터 탈 수 있거든."

그러자 로비는 당장이라도 울음을 터뜨릴 것 같은 표정을 지었다. 나는 로비를 겨우겨우 다독여 달래 주었다.

일곱 시까지는 집에 도착해야 했다. 여섯 시쯤 되었을 때, 동생들을 자리에서 일으켜 세우고 나도 옷을 갈아입었다. 풀밭에 하얀 데이지 꽃이 가득 피어 있었다. 로비가 그 꽃을 가리켰다.

"그렇지!"

카팅카는 무언가가 떠오른 듯 고개를 주억거리고는, 주위에 떨어진 꽃과 줄기들을 한데 그러모아 작은 꽃다발을 만들었다. 나는 카팅카가 그 꽃다발을 엄마에게 가져다주려는 건 줄 알았다. 그런데 뜻밖에도 매점으로 향했다. 나와 로비는 곧장 뒤따라갔다.

"생일 축하합니다, 생일 축하합니다!"

우리가 매점에 들어갔을 때 카팅카는 노래를 부르고 있었다. 아주 큰 목소리로 노래를 다 부르고는 매점 아저씨에게 데이지 꽃다발을 건네며 말했다.

"아저씨, 아름다운 생일 보내세요! 그리고 연애를 해 보시는 건 어때요? 그러면 애인에게 선물을 받을 수 있잖아요."

"어……, 노력해 볼게. 고맙다!"

아저씨는 이렇게 대답하고는 침을 꿀꺽 삼켰다.

우리는 매점에서 나와 출구로 향했다. 출구에 막 다다랐을 때, 아까 그 예쁜 여자아이가 불쑥 나타났다. 그 애는 매표소 앞에 서서 안전 요원 한 명과 대화를 나누고 있었다. 그 옆을 아주 천천히 지나갔지만, 그 애는 우리를 보지 못했다.

강을 따라 집으로 걸어갔다. 사람들은 풀밭에서 축구를 하거나 고기를 구워 먹었다. 구운 소시지 냄새가 맛있게 풍겨서일까? 배가 너무 너무 고팠다. 하지만 집에 도착하려면 아직 한참 멀었다. 다리까지 간 다음 교외로 나가야 했다.

자전거를 타고 올 수도 있었지만 그건 로비 때문에 불가능했다. 로비는 아직 자전거를 능숙하게 타지 못했다. 지그재그로 비틀거리며 자전거를 타는 데다, 뭔가를 곰곰이 생각하거나 주변을 보느라고 자꾸만 멈춰 섰다.

"시내에서 자전거를 그렇게 타는 건 너무 위험해."

아빠는 이렇게 말하곤 했다. 그래서 우리는 걷는 걸 택해야 했다. 여기 고기 냄새가 풍기는 곳에서 다음 고기 냄새가 풍기는 곳으로. 배고픔을 달래 보려고 쉬지 않고 이야기를 나누었다. 카팅카는 같은 반 친구인 클라라 이야기를 길게 늘어놓았다.

그 아이는 양쪽 다리 길이가 서로 달라서 걸을 때마다 절뚝인다고 했다. 또 말을 엄청 더듬는 데다 시력도 무지 나쁘다고 했다. 제대로 하지 못하는 게 몇 가지 더 있지만, 그건 잊어버려서 생각이 나지 않는다나. 아무튼 클라라는 개를 한 마리 키우는데, 그 개가 아침마다 학교에 데려다준다고 했다. 나이가 무척 많아서 터벅터벅 느리게 걷지만, 하루도 빠짐없이 클라라를 교문까지 데려다주었다. 그리고 학교 수업이 모두 끝날 때까지 교문 앞에서 클라라를 기다렸다. 수업이 끝난 후 클라라가 교문 밖으로 나오면 둘이 함께 집으로 돌아갔다.

나는 우리 집 근처에 몇 주 전 문을 연 복싱 체육관 이야기를 했다. 문을 막 열었을 때 무작정 그곳에 가서 운동하는 사람들을 구경했다. 그 사람들은 아마도 나를 체육관에 다니는 누군가의 동생쯤으로 생각했을 것이다. 체육관에 들어서는 순간, 나에게 아주 잘 어울리는 곳이란 걸 깨달았다. 사실은 이런 걸 하고 싶었다, 복싱……. 그것도 얼른.

로비는 말을 많이 하진 않았지만 눈에 띄는 사물을 계속 가리켰다.

대부분 길가에 굴러다니는 돌이나 강가에 매어 놓은 배 같은 거였다.

이번 여름에 뭘 할지에 대해서도 이야기했다. 카팅카는 크롤 영법으로 1킬로미터를 수영해 보겠다고 했다. 나는 10미터 다이빙대에서 다이빙을 하고 싶었다. 로비가 할 일은 딱 한 가지뿐이었다. 제대로 수영하는 법을 배우는 것. 카팅카는 로비가 용기를 낼 수 있도록 북돋았다.

"로비, 우린 해낼 수 있어. 그러려면 강철 같은 의지가 있어야 해. 알지?"

로비는 오로지 자신만이 지을 수 있는 미소를 입가에 띠었다. 그러자 카팅카가 갑자기, 그냥 갑자기 근처에 세워져 있던 자동차 보닛에 올라섰다. 그러고는 차 지붕으로 성큼성큼 뛰어 올라가서 춤을 추기 시작했다!

"얼른 내려와! 큰일 나!"

내가 소리쳤다.

카팅카는 아랑곳하지 않았다. 노래를 부르며 계속 춤을 췄다. 그때 차 안에 있던 사람이 유리창을 두드리며 화를 냈다. 빈 차가 아니었다! 운전자가 창밖으로 주먹을 내민 채 위협을 한 뒤에야 카팅카는 지붕에서 내려왔다. 우리는 뒤도 돌아보지 않고 냅다 도망쳤다.

정확하게 일곱 시에 집에 도착했다.

우리는 계단을 뛰어 올라갔다. 엘리베이터가 있긴 했지만, 이상한 냄새가 나서 별로 좋아하지 않았다. 그리고 3층 높이쯤 걸어 올라가는 건 어차피 누워서 떡 먹기다. 물론, 우리에게는 그렇다는 뜻이다.

우리 집 건너편에 사는 말슈테트 할아버지에게 계단을 오르내리기란 히말라야를 등산하는 것처럼 힘든 일이었다. 몇 계단만 오르고는 헉헉 휘파람 소리를 내며 잠시 쉬다가 다리를 질질 끌며 힘겹게 다시 올라갔다. 카팅카는 그런데도 절대 포기하지 않는, '강철 같은 의지'를 지닌 말슈테트 할아버지를 진심으로 존경했다. 할아버지는 나이가 아주 많아서 움직이는 게 불편했지만 우리를 볼 때마다 친절하게 웃어 주었다.

엄마는 부엌에서 양파를 썰고 있었다. 평소에는 늘 환하게 웃는 표정이었는데, 지금은 양파 때문인지 눈에 눈물이 그렁그렁했다.

"그래, 야외 수영장 첫날은 어땠어?"

엄마가 물었다. 우리는 단숨에 좋았다고 대답했다. 물이 얼음처럼 차가웠다는 이야기, 감자튀김을 사 먹은 이야기, 매점 아저씨에게 생일 축하 노래를 불러 준 이야기도 했다. 카팅카가 자동차 지붕 위에 올라가 춤을 췄다는 말은 빼고. 엄마가 로비를 바라보았다.

"로비, 수영은 많이 배웠니?"

로비는 대답 없이 어깨만 으쓱했다. 엄마는 우리에게 로비를 잘 봤는지 캐묻지 않았다. 우리를 믿으니까. 엄마는 다 썬 양파를 프라이팬으로 옮기며 말했다.

"상 차리는 것 좀 도와줄래? 아빠가 금방 오실 거야."

아빠는 정말로 금방 돌아왔다. 늘 그렇듯이 욕실로 곧장 들어가 씻은 다음, 부엌으로 와서 엄마에게 입을 맞추었다. 우리 차례는 그다음이었다.

"아이고, 힘든 하루였다!"

아빠가 한숨을 내쉬며 식탁 의자에 앉았다.

"어떤 남자가 요금을 안 내려고 하지 뭐야? 돈을 더 나은 일에 써야겠다나?"

"그래서 어떻게 하셨어요?"

내가 물었다.

"그 남자 목덜미를 잡고 마구 흔들었지! 그제야 돈을 내놓더라."

나는 아빠를 가만히 바라보았다. 아빠는 힘이 곰처럼 셌다. 그런 아빠가 누군가를 잡고 흔들었다면 아주 큰 문제가 생겼다는 뜻이다.

"오늘 저녁 메뉴는 뭐야?"

아빠가 물었다.

"토마토 스파게티."

엄마의 대답을 듣고 우리는 동시에 소리쳤다.

"우아, 좋아요!"

토마토 스파게티는 꽤 자주 먹는데도 늘 맛있었다. 그런데 엄마는 그 전에 반드시 샐러드를 먹어야 한다고 말했다. 건강을 위해서, 그것도 아주 많이!

아빠도 우리에게 오늘 수영장에서 어떻게 지냈는지 물었다. 나는 엄마에게 했던 얘기를 그대로 아빠에게 들려주었다. 엄마가 직장 동료 이야기를 꺼냈다. 마리아라는 아주머니는 허리가 무척 아프지만 일을 그만둘 수 없는 사정이라고 했다. 그리고 엄마가 일하는 빵집의 사장 아저씨는 무슨 일이 있어도 고맙다는 인사를 안 한다나? 새로 산 청소용 세제의 냄새가 너무 지독해서 구역질이 난다는 말도 했다.

저녁을 다 먹은 다음에는 다 같이 영화를 봤다. 고양이였다가 사람이 된 여자에 대한 이야기였다. 엄마는 어릴 때 이 영화를 본 적이 있는데, 지금 봐도 여전히 좋다고 했다. 영화를 다 본 후 우리는 잠자리에 들었다.

긴 하루였다. 피곤함이 와락 몰려왔다. 얼른 자야지. 내일 학교에 가야 하니까. 엄마가 방에 불을 꺼 주었다.

나는 야외 수영장에 있는 10미터 다이빙대를 생각했다. 그리고 햇살처럼 눈부시던 그 여자아이도.

햇살 같은 아이

다음 날, 하늘은 어두컴컴한 잿빛이었다. 오로지 구름, 구름뿐이었다. 바람도 몹시 차가웠다. 그래도 아무 상관 없었다. 우리는 다시 수영장에 가고 싶었다.

이번에는 강을 따라 걸어가기로 했다. 카페가 많은 동네의 수많은 음식과 로비의 한없는 불평을 피하기 위해서. 이제부터 여름 내내 이 길로 다니게 될 터였다. 갈 때나 올 때나 이 강을 따라.

수영장 매표소에는 어제와 다른 아주머니가 앉아 있었다. 자유 이용권 때문에 똑같은 소동이 한바탕 벌어졌다. 아주머니가 야외 수영장 관리소장 아저씨를 불렀다. 그러자 놀랍게도 배가 축구공 같은 아저씨, 즉 바다코끼리 아저씨가 입구로 나왔다.

아저씨는 "또 왔구나!"라거나 "안녕?"이라거나 뭐 그런 인사는 하지 않았다. 무뚝뚝한 표정으로 우리를 내려다보며 들어가라고 손짓만 할 뿐이었다. 아마도 이 아저씨를 여름 내내 만나게 되겠지.

우리는 풀밭에 깔개를 펴 놓은 다음 얕은 풀장으로 잽싸게 달려갔다. 로비가 제일 먼저, 이어서 카팅카가 물에 풍덩 뛰어들었다. 나는 잠깐 기다렸다가 천천히 들어갔다. 얼음처럼 차가운 물에 그새 익숙해져서 우리는 서로를 바라보며 실실 웃었다. 피부에 닿은 물이 너무 차가워서 불이 붙은 것처럼 따끔거렸는데도.

오늘도 엄마가 용돈을 조금 챙겨 주었다. 이번에는 새콤한 과일 맛 젤리와 개구리 모양 콜라 맛 젤리 같은 군것질거리를 샀다. 매점 아저씨가 반가운 듯 활짝 웃어 보였다.

나는 다이빙대로 갔다. 날이 흐려서 그런지 수영장에 우리 말고는 몇 명 없었다. 더없이 좋은 기회였다. 원래 무더운 한여름 오후에는 다이빙대에 사람들이 몰려 엄청나게 복잡했다. 특히 10미터 높이에는 언제나 최소한 서른 명 정도가 올라가 있었다. 대부분 남자아이들이었는데, 키가 꽤 큰 형들도 있었다.

난 지금까지 10미터는커녕 5미터 다이빙대에도 올라가 본 적이 없었다. 실내 수영장에서 딱 한 번, 3미터에서 뛰어내린 게 전부였다. 고작 3미터인데도 다리가 후들거려서 올라가는 데만 10분이나 걸렸다. 다이빙대 밑에서 쳐다보고 있던 남자애들이 마구 비웃었다.

그 웃음소리에 오기가 생겨서 풀쩍 뛰어내렸다. 다이빙 자세는 두말할 것도 없이 볼품없었고, 잠수를 제대로 하지 못한 탓에 물을 잔뜩 삼켜서 한참 동안 켁켁거렸다. 사람들이 그 모습을 다 지켜봤다. 다행히 지금은 수영장에 어린애들 몇 명만 있을 뿐이어서 별로 나쁠 게 없었다.

이번에도 3미터부터 시작할 생각이었다. 하지만 계단을 올라가면서 실내 수영장 다이빙대와는 완전히 다르다는 걸 깨달았다. 차가운 바람 때문에 몸이 달달 떨렸다. 위로 올라가자 시커먼 구름이 뒤덮인 하늘뿐이었다. 다이빙대 끝으로 천천히 걸어가 풀장을 내려다봤다. 물이 어마어마하게 깊어 보였다……. 위는 우중충한 하늘, 아래는 깊은 구렁텅이! 갑자기 속이 메슥거려서 난간을 잡고 몇 걸음 뒤로 물러났다.

카팅카와 로비가 풀장 가장자리에 서서 나를 올려다보았다. 카팅가는 즐거운 건지 지루한 건지 알 수 없는 표정을 지은 채 나에게 손을 흔들었다. 로비는 내가 아니라 구름을 보고 있었다.

나는 몇 걸음 더 뒤로 물러났다. 생각보다 춥고 무서워서 그냥 밑으로 내려가고 싶었다. 그때 로비와 눈이 마주쳤다. 난 단박에 느낄 수 있었다. 내가 뛰어내리기를 바란다는 걸. 고개를 비스듬하게 기울인 채 기대에 찬 눈으로 나를 쳐다보았다. 그리고 싱긋 웃었다.

그 순간, 그 여자아이가 한쪽 모퉁이에서 설렁설렁 걸어 나왔다. 나를 눈부시게 했던 그 햇살 같은 여자아이가. 그 아이는 문득 멈춰 서서 고개를 번쩍 들었다. 나를 보고 있었다, 나를! 나는 더 이상 망설이지 않고 무작정 뛰어내렸다. ……첨벙!

다이빙의 가장 좋은 점은, 무슨 일이 있어도 아래에 도착한다는 것이다. 시간이 아주 잠깐 걸릴 뿐이다. 또 물을 한가득 삼키고 콜록거

릴지도 모르지만, 뭐 어때?

물속에 한참 있다가 밖으로 머리를 내밀자, 카팅카가 나른한 표정으로 박수를 쳐 주었다. 아마도 카팅카는 훌륭한 다이빙을 이미 많이 봤을 것이다. 예를 들어 머리부터 뛰어드는 다이빙 같은 거. 로비는 다시 구름에 정신을 빼앗겼다. 그 여자애는 사라지고 없었다. 이상하다. 내가 그렇게 오랫동안 물속에 있었던 것도 아닌데, 아주 잠깐이었는데. 생각해 보니, 그 여자애는 이번에도 수영복이 아니라 하얀 옷을 입고 있었다. 그것도 괜히 이상했다.

비가 내리기 시작했다. 오늘은 더 오래 머물지 않기로 했다. 많은 양은 아니지만 그래도 비가 오니까. 바람도 더 차가워졌다. 우리는 비를 맞으며 집으로 갔다. 카팅카와 나는 아쉬운 마음에 짜증이 자꾸 치밀었다. 로비는 아닐지도 모른다. 로비는 물웅덩이에 빗방울이 떨어져 부서지는 모습을 한참 동안 지켜봤다. 내 동생 로비는 그런 걸 아주 좋아한다.

다음 날은 토요일이었다. 날씨가 다시 갰다. 하늘은 맑았고 햇살이 내리쬐었다.

토요일은 엄마 아빠가 일을 쉬는 날이었다. 아침 식사를 하는데 아빠가 불쑥 야외 수영장에 다 같이 가자고 말했다. 나는 기꺼이 그러겠다고 했지만 카팅카는 티가 나게 인상을 찌푸렸다. 로비는 대답 없이 잼 병을 빤히 들여다보았다.

다섯 명이 먹을 걸 사기에는 매점 음식 값이 너무 비싸서 간식거리를 푸짐하게 챙겼다. 그리고 자전거를 타고 출발했다. 이번에는 로비도 자전거를 탔다. 로비는 엄마와 아빠 사이에서 아주 천천히 움직였다. 그런데도 두 번이나 넘어졌다. 처음에는 새를 쳐다보느라, 두 번째는 아무 이유 없이 그냥.

야외 수영장에 도착했을 때, 이번에는 아무런 소동이 일어나지 않았다. 이제 매표소 사람들이 모두 우리를 알고 있었다. 엄마 아빠만 표를 사서 수영장에 들어갔다. 우리는 늘 그랬듯, 같은 자리에 깔개를 펼쳤다.

엄마는 발가락만 살짝 물에 담그고는 차갑다며 꽥 비명을 질렀다. 아빠는 무릎이 잠길 만큼 들어갔다가 후다닥 나와 버렸다. 역시 어른들은 겁쟁이다! 우리가 이 수영장에 얼마나 익숙한지 엄마 아빠에게 보여 주고 싶었다. 얼음처럼 차가운 물속에 들어가서 아무렇지 않은 듯 느긋하게 헤엄을 치며 돌아다녔다. 엄마 아빠는 깔개에 앉아서 우리를 바라보며 편안하게 커피를 마셨다. 모든 게 평화로웠다.

한참 동안 수영을 하다가 밖으로 나와 간식을 먹었다. 고기 경단이랑 삶은 달걀도 있었다. 사람들이 우리를 흘끔거렸다. 우리 말고는 간식을 가져와 먹는 사람이 없었다. 뭔가 특별해진 기분이 들었다.

간식을 다 먹고 난 다음 햇볕을 쬐려고 몸을 쭉 뻗고 앉았다. 그때 그 여자애가 나타났다! 혹시 저 애도 자유 이용권이 있어서 여기에 매일 오는 걸까? 오늘은 빨간색 수영복을 입고 있었다. 나보다 좀 더 큰 남자애들 몇 명이 배구 시합하는 걸 구경하는 듯했다.

그 순간, 누군가 고함을 질렀다.

"요한나! 밥 먹어야지!"

그러자 여자애가 대답했다.

"네, 금방 갈게요!"

여자애는 남자애들에게 무어라 말을 하고는 매점 바로 옆에 있는 작은 집으로 들어갔다. 아담한 앞마당 끝 창문에는 커튼이 달려 있는, 아주 평범해 보이는 집이었다. 그다음에는 바다코끼리, 그러니까 관리소장 아저씨가 터벅터벅 걸어와 그 집으로 들어갔다. 아! 나는 그제야 깨달았다. 바로 관리소장 아저씨네 집이었다. 그럼 저 여자아이는 아저씨의 딸? 그래서 계속 수영장에 있었던 거다. 지금은 점심을 먹는 거겠지?

요한나, 저 애 이름이구나!

햇볕을 쬐다가 까무룩 잠이 들었다. 잠에서 깨자마자 홀린 듯이 다시 관리소장 아저씨 집을 바라봤다.

"뭘 그렇게 봐?"

카팅카가 물었다. 나는 대답하지 않고 마지막 남은 달걀을 집어 들었다. 아빠가 팔을 쭉 뻗으며 스트레칭을 하더니 이렇게 말했다.

"이제 좀 몸이 따뜻해졌구나. 다시 한번 시도해 봐야겠어. 같이 들어갈 사람?"

카팅카와 나는 아빠를 따라 큰 풀장으로 들어갔다. 아빠는 레인을 두어 차례 오가며 수영을 했다. 아빠가 수영하는 걸 보는 건 아주 오랜만이었다. 생각보다 꽤 잘했다. 진짜 수영 선수처럼 차분하게 팔다리를 움직였는데, 머리를 잠깐씩 물속에 넣었다가 숨을 쉬려고 다시 내밀곤 했다. 카팅카는 아빠를 따라 하려 했지만, 어정쩡한 자세로 머리를 연신 물 바깥으로 내밀었다. 그 모습을 보고 내가 웃음을 터뜨리자 카팅카가 고함을 버럭 질렀다.

"바보처럼 웃지 마, 이 멍청이!"

그사이 아빠는 풀장 바깥으로 나가 다이빙대를 올려다보며 중얼거렸다.

"올라가 본 지 아주 오래됐네……."

"얼마나 오래됐는데요?"

내가 물었다.

"으음……, 20년쯤?"

그러자 카팅카가 아빠를 바라보며 미소를 지었다. 뭐라고 표현하기 어려운데, 반은 감탄이고 반은 동정인 듯한 미소였다. 카팅카가 소리쳤다.

"20년이라고요! 올랄라!"

그건 '이런!'이라는 뜻의 프랑스어 감탄사였다. 카팅카는 이 말을 프랑스 여자가 나오는 영화에서 배웠다. 그 영화를 보고 난 후로 늘 프랑스에 가고 싶다고 말했고, 항상 이런 식으로 프랑스어를 썼다.

"아주 오래됐지?"

아빠 말에 카팅카가 고개를 끄덕였다.

"자, 그럼 한번 해 볼까?"

아빠는 다이빙대를 향해 뚜벅뚜벅 걸어가면서 얕은 풀장에 있는 엄마와 로비에게 손을 흔들었다. 그러고 곧 사다리를 올라갔다. 나는 아빠가 3미터에서 분명히 멈출 거라고, 더 높게 올라가지는 않을 거라고 생각했다. 하지만 그건 착각이었다. 아빠는 5미터까지 올라간 뒤, 다이빙대 끝에서 아래를 내려다봤다.

"아이고, 여기 무진장 높다!"

아빠가 큰 목소리로 외쳤다. 수영장에 있는 사람들이 아빠를 쳐다봤다. 요한나도. 요한나는 다른 여자애랑 함께 풀밭을 막 지나가던 중이었다.

"알프!"

아빠가 갑자기 나를 불렀다.

"너, 이 높이에서는 아직 다이빙 안 해 봤지?"

나는 고개를 떨궈 바닥을 내려다봤다. 아빠가 저 위에 서 있는 게 부끄러웠다. 이유는 모르겠지만 어쨌든 그랬다. 그리고 그것보다도 내 이름이 '알프'라는 걸, 영화에 나오는 외계인 같다는 걸 모두가 알게 됐다는 게 무지 창피했다. 몇 명이 웃었다.

"자, 봐라! 아빠가 이제 어떻게 하는지!"

아빠가 고함을 질렀다. 그리고 폴짝 뛰어서 자루처럼 뚝 떨어졌다. 물에 닿기 직전에 허공에서 재빨리 무릎을 배 쪽으로 당겨 웅크리고는 엉덩이로 물에 풍덩 떨어졌다. 물이 엄청나게 튀었다. 완벽한 엉덩이 폭탄을 만든 것이다! 몇몇 구경꾼이 박수를 보냈다. 어떤 형이 크게 소리쳤다.

"아저씨! 그 나이치고는 완전 최고예요!"

하지만 그게 끝이 아니었다. 아빠는 충분하지 않다고 생각했는지, 물에서 나와 다시 사다리를 올라갔다. 이번에는 7미터 50센티미터 높이였다. 이번에도 다이빙대 끝에 서서 우리를 향해 아주 크게 소리쳤다. 수영장은 물론, 그 옆에 있는 축구 훈련장까지 다 들릴 만큼 목소리가 쩌렁쩌렁했다.

"알프! 여기는 아주 빌어먹게 춥다!"

나는 다른 곳을 바라보며 괜히 딴청을 피웠다. 하지만 요한나가 나를 똑바로 보고 있었다. 내가 저 위에 서서 엉덩이를 움켜쥐고 있는 아저씨의 아들이란 걸 안 게 틀림없었다.

"이번에는 엉덩이 폭탄은 안 한다! 난 바보가 아니니까!"

아빠가 소리쳤다. 요한나는 이제 어떤 일이 일어날지 호기심이 가득한 얼굴로 위쪽을 쳐다봤다.

"어이, 마를레네!"

아빠가 엄마에게 손짓을 했다. 엄마도 손짓으로 화답했다. 로비는 꼼짝도 하지 않고 선 채 고개를 비스듬하게 기울이고 있었다. 아빠는 다시 한번 자루처럼 물속으로 뚝 떨어졌다. 하지만 이번에는 몸을 웅크리지 않았다. 어디부터 물에 닿을지 계산하지 않고 허공에서 버둥거리다가 배부터 떨어지고 말았다. 그 모습은 아주 우스꽝스러웠다.

물속에 있는 아빠는 누가 봐도 몹시 아파 보였다. 정작 아빠는 아픈 기색을 보이지 않으려고 애써 아무렇지 않은 척했다. 이번에도 몇몇 사람들이 박수를 쳐 주었다.

아빠는 풀장에서 나와 깔개에 털썩 주저앉았다. 아빠 배가 아주 새

빨갰다. 엄마는 그런 아빠가 재미있다는 듯 깔깔 웃고는 따뜻한 커피를 따라 주었다.

엄마와 아빠. 나는 두 사람을 자주 관찰한다. 뭘 하는지, 무슨 대화를 나누는지, 서로를 어떻게 대하는지. 가만히 보고 있으면 기분이 참 좋다.

우리는 한두 시간가량 더 수영장에 머물렀다. 요한나는 거의 언제나 친구와 함께 배구 경기를 구경했는데, 왠지 모르게 항상 우리 근처에 있었다. 나는 요한나가 우리에게 다가왔으면 좋겠다고 생각했다. 우리 깔개에는 자리가 넉넉했고, 또 케이크도 있으니까.

로비가 계속 풀장에 들어가자고 조르자 카팅카가 쌀쌀맞게 말했다.

"나, 프랑스어 공부해야 하거든."

카팅카는 초보자를 위한 프랑스어 책을 들고 있었다. 엄마가 1유로 상점에서 사다 준 거였다. 로비가 끈질기게 카팅카의 수영복 자락을 잡아당겼다.

"좋은 말로 할 때 놔! 누나 지금 공부하잖아!"

카팅카가 고함을 질렀다. 그러자 로비는 바닥에 철퍼덕 주저앉아 엉엉 울기 시작했다. 아빠가 로비의 머리를 쓰다듬었다.

"자, 아빠랑 같이 물에 들어가자."

아빠는 로비 손을 잡고 함께 풀장으로 걸어갔다.

나도 다시 한번 물에 들어갔다. 하지만 물이 너무 차가워서 금방 나와야 했다. 입술이 새파래졌다. 엄마가 그런 나를 보고는 따뜻한 물로 샤워를 하고 오라고 했다.

샤워실에는 빈 칸이 두어 개 있었다. 그중 한 칸에 들어간 뒤 샤워기 꼭지 아래에 서서 물을 틀고 눈을 감았다. 따뜻한 물이 몸에 닿자 노곤해지는 느낌이 들었다. 그런데 갑자기 문이 벌컥 열렸다. 문을 잠그는 걸 깜박 잊은 것이다! 배구를 하던 남자애들 중 한 명이었는데, 나를 보고는 대뜸 이렇게 물었다.

"금방 끝나?"

"아니, 아직 아니야. 나도 방금 시작했어."

그러자 그 애가 가까이 다가와 내 앞에 버티고 섰다.

"다른 칸이 다 찼어. 그러니까 서둘러."

그 애는 나보다 머리 하나는 더 컸는데, 다짜고짜 나를 옆으로 팍 밀쳐 버렸다. 나는 더럭 겁이 났다. 그때 카팅카가 문을 벌컥 열고 안으로 들어왔다.

"무슨 일이야?"

"네가 상관할 일 아니야. 그러니까 어서 꺼져, 이 꼬마야!"

그 남자애는 이렇게 대답하고는 샤워기 아래에 섰다.

카팅카는 물러서지 않았다.

"우리 오빠가 너보다 먼저 왔잖아. 그러니까 네가 꺼져!"

그 애가 카팅카를 옆으로 휙 밀치려고 했다. 하지만 카팅카는 카팅카다! 눈 깜짝할 사이에 그 애의 정강이뼈를 냅다 걷어찼다. 남자애가 깜짝 놀라 뒷걸음질을 쳤다. 이제 어쩌지? 어쩌면 카팅카를 한 대 칠지도 모른다. 하지만 카팅카는 조금도 아랑곳하지 않은 채 매서운 표정으로 그 애를 쏘아봤다. 그건 오로지 카팅카만이 지을 수 있는 표정이었다. 남자애는 주눅이 든 얼굴로 어색하게 웃으며 말했다.

"알았어, 진정해. 이 꼬맹이야."

하지만 카팅카는 만만한 아이가 아니었다.

"진정하게 생겼어? 당장 꺼지라니깐!"

결국 그 애는 카팅카를 피해서 도망치듯 샤워실을 빠져나갔다.

기분이 참 이상했다. 내 동생이 나를 구해 주었다. 카팅카는 여자애고, 나보다 어린데. 그래도 누군가 나를 보호해 준다는 게 기분 좋았다. 아무나가 아니라 카팅카가, 덩치 큰 아이도 겁을 먹을 만큼 무섭게 노려볼 수 있는 내 동생이.

첫 번째 손님

며칠 동안은 별다른 일이 일어나지 않았다. 우리는 매일 야외 수영장에 가서 수영 연습을 하고 감자튀김을 사 먹었다. 날씨는 항상 좋지 않았다. 그리고 요한나가 보이지 않았다.

바다코끼리 아저씨는 안전 요원이랑 입구에 서서 커피를 마셨다. 풀장엔 사람이 거의 없어서 그 아저씨들도 할 일이 없었다. 검정색 전신 수영복을 입고 수영하는 사람 두어 명과 우리뿐이었다.

엄마 아빠는 우리가 하루도 빠지지 않고 야외 수영장에 가는 걸 이상하게 생각했다. 굳이 말리지는 않았지만, 학교 숙제는 제대로 해 두고 가야 한다고 말했다. 물론 우리는 숙제도 했다. 수영장에 숙제할 것을 가지고 가서 풀밭이나 벤치에서 최대한 빨리 해치웠다.

그러니까 야외 수영장에서 거의 사는 거나 다름없었다.

그러던 어느 날, 수영장으로 가는 길에 엄청난 사람을 봤다. 축구 선수 알폰소 블라시오! 그 유명한 알폰소 선수가 어떤 여자랑 벤치에 앉아서 강을 바라보고 있었다. 이 시기쯤이면 축구 선수들은 모두 휴가를 떠났을 거라고 생각했는데. 봄 시즌 마지막 경기가 끝나고 여름이 되면, 모두 비행기를 타고 어디론가 여행을 떠나니까.

알폰소 선수는 민머리에 새긴 문신 때문에 금방 알아볼 수 있었다. 그는 정말 강력한 선수였다. 음, 그러니까 내 말은, 수많은 파울로 강력하다는 거다. 경기 때마다 옐로카드를 받았는데, 가끔씩은 레드카드도 받았다. 아빠는 알폰소 선수가 나오는 경기를 볼 때마다 멍청하다며 혀를 끌끌 찼다. 스포츠 뉴스를 보다가 저 선수가 나오면 늘 흥분을 해서 고래고래 소리치곤 했다.

"어리숙하기는! 저 녀석은 감정을 억제할 줄 몰라! 화를 너무 자주 내잖아. 페널티 킥 실력이나 높이지 않고서……."

우리는 발걸음을 멈추고 알폰소 선수와 옆에 앉은 여자를 바라보았다. 알폰소 선수가 어깨에 팔을 두르자 여자가 그에게 입맞춤을 했다. 긴 금발이 바람에 흩날렸다.

카팅카는 내 옆에 서서 그 모습을 빤히 보다가 이렇게 말했다.

"축구 선수 애인인가 봐."

"응?"

내가 무슨 말인지 이해하지 못하고 되묻자, 카팅카가 한심하다는 듯한 눈빛으로 쳐다보았다.

"애, 인! 사귀는 사람 말이야. 축구 선수 애인은 모두 금발이거든."

"모두?"

내가 다시 물었다.

"응, 거의 모두."

며칠이 지나자 날씨가 조금 더 따뜻해졌다. 나는 얕은 풀장에서 로비에게 수영을 가르쳤다. 로비는 안전 요원에게 빌린 막대 모양의 스티로폼 튜브를 꽉 붙잡고 있었는데, 손으로 잡고 있기가 불편하다며 쉴 새 없이 짜증을 냈다. 결국 튜브 없이 수영을 하려고 해 보았지만, 그게 없으면 물속에서 조금도 움직이지 못했다.

그때 요한나가 눈에 들어왔다. 그 애가 카팅카에게 다가가고 있었다! 카팅카는 깔개 위에 누워 프랑스어 책을 읽는 중이었다. 요한나는 카팅카에게 인사를 건네더니 그 옆에 살포시 앉았다. 이윽고 둘이 이야기를 나누기 시작했다. 그러다 둘이 동시에 나를 건너다봤다. 대체 무슨 이야기를 하는 걸까?

로비가 추운지 몸을 떨기 시작했다. 결국 튜브를 내던지고 물 밖으로 나가 카팅카와 요한나에게로 달려갔다. 목욕 가운을 대충 걸치고는 둘 사이에 앉아 몸을 비비적거렸다.

나는 물 밖으로 나갈 수가 없었다. 요한나 때문에, 요한나가 우리 깔개에 앉아 있어서. 돌처럼 굳어 그 자리에 가만히 서 있다가, 반대편으로 헤엄쳐 나간 뒤 멀리 돌아서 샤워실로 갔다. 둘이 내 뒷모습을 보고 있다는 걸 알았지만 짐짓 아무렇지 않은 척했다.

샤워를 하고, 또 하고, 또 했다. 한참이 지난 뒤에야 조심스럽게 문을 열고 고개만 빼꼼 내밀어 요한나가 아직도 거기에 있는지 살폈다. 휴, 없었다. 나는 재빨리 카팅카에게 다가갔다.

"걔, 왜 왔어?"

"비밀이야, 여자들끼리의 비밀. 남자들은 몰라도 돼."

나는 계속 캐물었다. 아이스크림을 사 준다고 했는데도 카팅카는 입을 열지 않았다.

"궁금해하지 말라니까."

그러고는 이상한 말만 늘어놓았다.

"나, 공부하는 거 방해하지 마. 그거 알아? 왕이나 여왕은 모두 프랑스어를 할 줄 안대."

"정말?"

"그래, 정말이야! 그리고 고양이들도 사람이 옆에 없으면 자기들끼리 프랑스어를 한대."

그건 사실일 리가 없었다. 카팅카는 계속 말했다.

"하느님도 프랑스어를 해. 사실 그건 당연한 거지. 하느님은 프랑스에 사니까."

"정말? 하느님이?"

"확실해! 거기가 아니면 어디에 살겠어?"

어느 일요일, 비가 억수같이 쏟아져 내렸다. 그래도 우리는 일찍 일어나 수영장으로 향했다. 오전 열 시가 되기 전에 수영장에 도착했다. 이날은 우리가 첫 번째 손님이었다.

야외 수영장에 첫 번째로 오면 기분이 아주 좋았다. 풀밭에는 아무도 없었다. 까마귀나 갈매기 한두 마리가 평화롭게 콩콩 뛰어다닐 뿐이었다. 풀은 보드랍고 푸르렀다. 하늘색 풀장에는 아무도, 정말 아무도 없었다. 잔잔한 물 위로 햇살이 내리쬐어 반짝반짝 빛났다. 그곳에 가만히 앉아 있노라니 무척 고요한 느낌이 들었다.

아딜 형이 우리에게 다가와 인사를 건넸다. 안전 요원 중에서 유일하게 친절한 사람이었다. 아딜 형은 수영장에 손님이 없을 때면 서툰 독일어로 이렇게 말하곤 했다.

"오늘, 실패."

우리는 챙겨 온 깔개와 짐들을 샤워실 옆 차양 아래에 내려놓았다. 차양 위로 떨어지는 빗소리가 매우 요란했다.

비가 많이 내리긴 했지만, 다이빙 훈련을 하기엔 더없이 좋은 기회였다. 3미터에서는 뛰어내려 봤으니 이젠 5미터 차례였다. 다이빙대에는 아무도 없었다. 저 멀리서 할머니 네댓 명이 풀밭을 건너오고 있었다. 나는 망설이지 않고 사다리를 올라갔다. 카팅카와 로비는 차양 아래에 앉아 나를 지켜보았다.

막상 5미터 다이빙대 끝으로 가서 서자, 3미터보다 훨씬 더 무서웠다. 사실 당연한 일이었다. 머리 위로는 비가 쏟아지고, 귓가에는 바람 소리가 몰아쳤다. 그리고 엄청나게 추웠다. 세상에, 5미터가 이렇게 높다니! 당장 아래로 내려가 군것질이나 하고 싶었다.

그때 누군가 고함을 질렀다.

"학생, 용기를 내!"

할머니들 중 한 명이었다. 다른 할머니들도 소리쳤다.

"그래! 멋지게 다이빙하는 거야!"

"너, 겁먹은 거 아니지?"

"입장료를 내고 들어왔으니 우리도 뭔가 멋진 걸 보고 싶구나!"

할머니들은 이 상황이 꽤 재미있는 모양이었다. 오렌지색 수영복에 꽃이 달린 슬리퍼를 신은 할머니가 목청껏 외쳤다.

"할 수 있어! 얼른 뛰어!"

순간 짜증이 확 치밀었다. 나는 아래쪽을 향해 쏘아붙였다.

"그러면 할머니가 직접 뛰어 보세요!"

그러자 그 할머니가 씨익 미소를 지었다.

"좋아! 네가 그렇게 말한다면 기꺼이 해야지."

할머니는 우스꽝스럽게 생긴 슬리퍼를 벗어 던지고는 다이빙대로 성큼성큼 다가왔다. 망설임 없이 사다리를 타고 오르더니 5미터 높이에 올라와 내 옆에 섰다. 가까이에서 보니 약간 통통했는데, 다리에 보라색 핏줄이 불거져 있었다. 할머니가 씩씩하게 말했다.

"해 보자."

할머니는 다이빙대 끝에 선 뒤 아래를 잠깐 내려다보고선 양팔을 천천히 위로 들어 올렸다. 그러고는 몸을 쭉 뻗어…… 뛰어내렸다. 완벽했다. 머리부터 물에 들어가는 완벽한 다이빙! 화살처럼 똑바로 들어갔을 뿐 아니라 물도 거의 튀지 않았다.

처음부터 지켜보던 카팅카가 자리에서 벌떡 일어나 박수를 쳤다. 완전히 감동받은 표정이었다. 로비와 다른 할머니들도 손뼉을 쳤다.

멋진 다이빙을 선보인 할머니는 어린 수달처럼 풀장 안에서 이리저리 배영을 하다가, 다이빙대 위에 물끄러미 서 있는 나를 향해 손짓했다.

"자, 어서! 네 차례야. 뛰어내려!"

내가 어떻게 더 망설일 수 있을까? 나는 눈을 꼭 감고 아래로 뛰어내렸다. 내 몸이 얼음처럼 차가운 바람을 가르는 게 느껴졌다. 첨벙! 금방 물에 빠졌다. 배부터 떨어진 걸까? 배가 따끔따끔 아팠다.

어쨌든 5미터에서 다이빙을 했다. 할머니들이 깔깔 웃으며 즐거워했다. 카팅카와 로비는 내가 마치 복싱 선수라도 된 것처럼 목욕 가운을 가져와 덮어 주었다.

언제 왔는지 아딜 형이 내게 엄지손가락을 치켜세우며 말했다.

"잘했어! 너, 힘세!"

난 이제 감자튀김이 먹고 싶었다.

응급 상황

곧 여름 방학이다. 방학이 끝나면 김나지움(독일의 중등 학교) 입학 설명회가 시작된다. 이제 어느 김나지움에 갈 것인지 고민해야 한다는 거다. 엄마 아빠는 틈만 나면 둘이서 머리를 맞대고 이것저것 의논을 했다. 나는 토르벤이 가는 김나지움에 가고 싶었다. 토르벤은 우리 반 애들 중에서 내가 유일하게 괜찮다고 생각하는 애다. 하지만 반 아이들은 얼굴이 비뚠 데다 이가 크다는 이유로 토르벤을 별로 좋아하지 않았다. 사실 토르벤은 걸핏하면 교실에서 싸움을 일으키기도 했다.

토르벤은 성 프란체스코 김나지움에 가고 싶다고 했다. 그 학교가 어떤지 잘 모르지만 나도 같이 가고 싶었다. 이 얘기를 하자 아빠가 그 학교에 대해 설명해 주었다.

"거긴 가톨릭 교인을 위한 학교야."

나는 무슨 말인지 몰라 아빠 얼굴을 빤히 쳐다보았다.

"네가 가톨릭 교인이어야만 갈 수 있다는 뜻이야."

아, 종교 말이구나! 그때 엄마가 딱 잘라 말했다.

"우리는 성당에 다니지 않아."

더 이상의 말이 필요 없었다. 나는 가톨릭 교인이 아니었다, 유감스럽게도. 아, 토르벤과 그 학교에 유감이라는 뜻이다. 하지만 이제 고작 5월인걸. 어쩌면 종교도 어떻게든 해결될지도 모른다.

요한나는 몇 살일까? 나랑 동갑이라면 그 애도 어느 학교에 갈지 고민하고 있을 거다. 혹시 같은 학교에 가게 될까? 설마 같은 반이 될까?

카팅카에게 이것저것 물어보았다. 어쩌면 요한나가 카팅카에게 자기 얘기를 했을지도 모르니까. 우리는 오늘도 야외 수영장 풀밭에 깔개를 깔고 그 위에 누워 있었다. 이미 물에 몇 번 들어갔다 나왔고, 젤리도 사 먹은 뒤였다. 평범하고 평화로운 월요일이었다. 하늘엔 커다란 구름이 몇 점 떠 있었고, 햇볕이 따뜻하게 내리쬐었다.

"즈, 느, 세, 파."

카팅카가 심드렁하게 대답하면서 연분홍색 매니큐어를 칠한 손톱을 뿌듯한 표정으로 내려다봤다. 내가 물었다.

"뭐라는 거야?"

"즈, 느, 세, 파. 프랑스어야. '나는 몰라.'라는 뜻이야."

"아, 그렇구나……."

"아마 열두 살쯤 됐을걸."

카팅카는 잠시 생각하다가 한마디 툭 던졌다.

"조금 더 많거나 적을 수도 있고."

"열세 살!"

로비가 대뜸 큰 소리로 말했다. 자는 줄 알았는데 눈을 감은 채 우리 대화를 듣고 있었나 보다. 나는 로비에게 다그치듯 물었다.

"그걸 어떻게 알아?"

"들었어……."

"어디서?"

"매점에서."

나는 더 자세히 묻고 싶었지만, 로비는 이미 평소보다 말을 많이 한 상태였다. 로비에게서 더 짜내는 건 불가능했다. 어쨌든 나는 기뻤다. 나도 열세 살이니까! 그때 카팅카가 내 표정을 보고는 무뚝뚝하게 말했다.

"엉뚱한 상상 하지 마."

"……안 해."

나는 건성으로 대답했다. 카팅카는 언제나 뭐든지 나보다 더 많이 알아서 짜증이 났다. 짐짓 약을 올리려고 카팅카 손톱을 가리키며 투덜거렸다.

"너야말로 어른인 척하지 마. 넌 그저 어린애니까."

카팅카는 곰곰이 생각에 잠긴 표정으로 나를 바라보더니 아무 대꾸 없이 고개를 끄덕였다. 나는 괜히 더 심술이 나서 못된 말을 한마디 더 하려고 입을 달싹였다. 그런데 어디선가 소란스런 소리가 들려왔다.

요한나의 아빠, 그러니까 바다코끼리 아저씨와 키가 큰 남자애 세 명이 풀장 옆에 서 있었다. 안 좋은 일이 일어난 게 분명했다. 아저씨가 정신 나간 사람처럼 그 애들에게 버럭버럭 화를 냈다.

"너희들, 글 읽을 줄 모르냐? 응?"

풀장 곳곳에는 "가장자리에서 뛰어들지 마세요!"라는 글이 적혀 있었다. 그런데 그 애들이 가장자리에서 풀장으로 뛰어든 거다. 그 애들 중 한 명이 아저씨가 화내는 모습을 빤히 보다가 피시시 웃음을 터뜨렸다. 검은 피부와 대조를 이루며 하얀색 치아가 반짝거렸다.

아저씨는 화가 머리끝까지 치민 듯했다. 시뻘게진 얼굴로 당장 나가라고 고래고래 소리쳤다. 규정을 지키지 않을 거면 다시는 오지 말라고 하면서.

"좋은 말로 할 때 똑바로 행동해!"

그래도 그 애는 계속 웃었다. 나는 바다코끼리 아저씨의 표정이 몹시 무서운데, 정작 그 애들은 그렇지 않은 모양이었다. 오히려 지금 상황이 재미있다고 생각하는 것 같기도 했다. 아저씨 말에 아랑곳하지 않고 배낭에서 작은 축구공을 꺼내더니 허공으로 휙 던졌다, 그것도 아주 높이.

"조심해!"

아저씨가 다시 한번 크게 소리쳤다. 그때 한 할머니가 아저씨에게 가까이 다가왔다. 며칠 전에 멋진 다이빙을 보여 준 오렌지색 수영복 할머니였다. 할머니는 상냥한 얼굴로 아저씨에게 말을 걸었다. 무슨 말을 하는지 들리지는 않았지만 아저씨의 표정이 약간 누그러졌다. 그 애들은 잔디밭으로 가서 축구를 하기 시작했다.

그런데 며칠 후, 그 남자애들이 우리 깔개에 앉아 함께 감자튀김을 먹었다. 어쩌다 같이 먹게 된 거지? 카팅카가 말을 걸었나? 아니면 내가? 잘 모르겠다.

어쨌든 우리는 그 애들과 대화를 해 보려고 애썼다. 하지만 셋은 독일어를 몇 단어밖에 알지 못했다. 사실은 몇 단어도 아니었다. "고마워."와 "내 이름은……."뿐이었으니까. 영어도 거의 못했다. 그건 나도 마찬가지였다. 그러다가 셋이서 프랑스어로 이야기를 하기 시작했는데, 카팅카는 너무 좋아서 어쩔 줄 몰라 했다. 심지어 잔뜩 흥분한 나머지 이렇게 외쳤다.

"파를레 부 프랑세?(프랑스어 할 줄 알아?)"

그러자 그 애들이 웃으며 대답했다.

"위, 위!"

카팅카는 가방에서 책을 꺼내 책장을 마구 넘겼다. 카팅카가 프랑스어를 할 줄 아는 사람을 만난 건 아마 지금이 처음일 것이다. 프랑스어를 '제대로' 할 줄 아는 사람 말이다.

카팅카는 나에게 세 명이 말리에서 왔다고 말해 주었다.

"말리? 그게 어디야? 난 아프리카에서 온 줄 알았는데."

내 말에 카팅카가 대답했다.

"맞아. 말리는 아프리카와 똑같은 말이야."

아닌 것 같은데……? 나는 고개를 갸웃거렸다. 로비는 옆에 가만히 앉아서 아무 말도 하지 않았다. 이따금 수줍은 듯이 웃으면, 그 세 명도 로비를 바라보며 미소를 지었다.

감자튀김을 다 먹자 아이들이 가려고 자리에서 일어섰다. 카팅카는 계속 이야기를 나누고 싶어 했다. 사실 제대로 대화를 한 건 아니었다. 카팅카는 프랑스어 단어를 겨우 몇 개만 알고 있었으니까. 그래도 프랑스어로 대화하는 자기 모습에 완전히 빠져 있었다. 카팅카는 이런 말도 했다.

"파리, 트레 비앵!"

그건 아마 파리가 아주 멋있다는 말일 것이다. 하지만 카팅카는 프랑스에 한 번도 가 본 적이 없었다. 세 아이는 고개를 휘휘 내저었다. 자기들끼리 소곤거리더니, 웃음을 터뜨리며 우리에게서 멀어져 갔다. 카팅카가 그 애들의 등에 대고 무어라 외쳤지만 아무런 대답을 하지 않았다. 이제 우리에겐 전혀 관심이 없어 보였다.

내가 뭐라고 했는지 묻자, 카팅카는 화가 난 표정으로 중얼거렸다.

"아이스크림 먹지 않겠느냐고."

"우린 이제 돈 없는데?"

내가 이렇게 대꾸하자 카팅카는 깔개에 털썩 주저앉으며 볼멘소리로 쏘아붙였다.

"그게 무슨 상관이야? 좀 조용히 해!"

나는 집에 돌아오자마자 엄마에게 말리가 어디 있는 나라인지 물었다. 엄마는 아프리카 대륙에 있는 나라라고 말해 주었다. 세계 지도를 가지고 와서 정확한 위치가 어디인지도 알려 주었다. 나는 카팅카를 팔꿈치로 슬쩍 건드렸다.

"봐, 말리는 나라 이름이야. 아프리카 대륙에 속해 있는 나라."

"그래서 뭐?"

"너는 말리랑 아프리카가 같은 말이라고 했잖아."

카팅카는 자기가 몰랐다는 걸 인정하지 않으려 했다. 심통이 났는지 소파에 올라가 쿵쿵 뛰기 시작했다. 그러면서 프랑스어로 숫자를 10부터 0까지 거꾸로 세었다. 가끔씩 이럴 때면 뒤통수를 한 대 때려주고 싶을 만큼 얄미웠다.

그래도 난 내 동생을 좋아한다. 뭐, 귀여우니까.

그날 저녁에 아빠가 큰아버지에게서 이메일을 받았다고 했다. 큰아버지는 미국에 살고 있는데, 우리는 아직 한 번도 만난 적이 없었다.

"깜짝 놀랄 만큼 좋은 일이구나. 큰아버지가 우리 집에 오실 거야, 일주일 후에."

아빠가 기분 좋은 목소리로 말했다. 엄마도 기뻐했다.

하지만 우리는 별로 기쁘지 않았다. 큰아버지가 누군지 전혀 몰랐으니까.

일주일 후에 우리는 공항에서 큰아버지를 기다렸다. 무척 화창한 날씨였다. 이렇게 햇빛이 내리쬐는데, 여기서 꼼짝없이 큰아버지를 기다리고 있어야 한다니! 뭐, 어쩔 수 없지. 우리에게 친척이라곤 큰아버지 말고는 아무도 없었다.

드디어 큰아버지가 도착했다. 양손에 은색 캐리어를 하나씩 끌고 왔다. 몹시 뚱뚱한 체격이었는데, 여드름이 잔뜩 난 얼굴에서 땀이 줄줄 흘러내렸다. 그리고 셔츠 자락이 바지 위로 길게 늘어져 있었다.

코는 감자처럼 동그랬다.

아빠가 큰아버지를 와락 껴안았다. 엄마도 가볍게 포옹을 했다. 우리는 멋쩍게 서서 그냥 악수만 나누었다.

큰아버지가 우리를 차례로 가만히 바라봤다. 오랫동안 찬찬히, 한 명씩. 큰아버지는 조금 무섭게 생겼지만, 우리를 보며 환하게 미소를 지었다.

"아이고, 반갑다! 드디어 너희를 보는구나!"

돌 두 개를 서로 문지를 때 나는 것처럼 거칠거칠한 목소리였다.

우리는 다 같이 공항 바깥으로 나갔다. 날씨가 끝내주게 좋았다. 지금쯤 수영장에서 아이스크림을 하나씩 든 채 깔개에 앉아 있으면 참 좋을 텐데. 아니면 얕은 풀장, 아니면 경기장 옆의 훈련장. 그 어디라도 좋을 것 같았다. 악취 풍기는 낡은 자동차 안만 아니라면.

이윽고 우리는 큰아버지와 함께 커피와 케이크가 준비되어 있는 집으로 향했다. 큰아버지는 무척 들떠 있었다. 제대로 된 독일식 디저트를 오랫동안 즐기지 못했다고 했다. 하얀 식탁보 위에 향긋한 커피와 생크림을 얹은 케이크 같은 것들을. 시내를 지나갈 때 큰아버지는 바깥 풍경을 내다보며 몹시 즐거워했다. 눈에 보이는 모든 것이 좋다고 했다. 시청과 시장 광장, 전철까지도.

"여긴 모든 게 옛날 그대로구나! 정말 평화로워."

우린 큰아버지에 대해 아는 게 많지 않았다. 아주 오래전부터 로스앤젤레스에서 살았다는 것밖에는. 인터넷에 로스엔젤레스를 검색하면 사진이 천만 장쯤 나왔다. 한 나라만큼 큰 도시였다. 고속도로는 활주로만큼 넓었고, 거리 모퉁이마다 햄버거 가게가 있었다. 또 도시 가장자리에는 바다가 있었다.

집에 도착해 커피와 케이크를 먹은 후, 우리는 수영장으로 출발하려고 했다. 이제 겨우 네 시니까 시간이 조금 있었다.

"지금 수영장에 간다고?"

아빠가 물었다. 우리는 동시에 고개를 끄덕였다.

"너희, 숙제는 다 했어?"

엄마가 묻자 카팅카가 대답했다.

"'피신'에서 할 수 있어요."

그러자 큰아버지가 물었다.

"어디라고?"

"수영장에서요."

큰아버지가 웃음을 터뜨렸다.

"아, 마드모아젤이 프랑스어를 하는구나!"

"네, 큰아버지도요?"

"응, 조금 할 줄 알지."

"그럼 연습을 더 많이 하세요."

"흠, 글쎄……."

"제가 과외를 해 드릴게요. 시간당 5유로!"

"하하, 그래. 생각해 볼게."

우리는 걸음을 서둘렀다. 가는 도중에 그냥 집에 있었더라면, 하고 잠깐 후회했다. 하루쯤 집에서 쉬는 것도 괜찮았을 텐데. 그냥 게으르게 늘어져 있기, 텔레비전 보기, 장난감으로 경주로 만들기, 복싱 체육관에 가서 사람들 구경하기, 토르벤 만나기.

하지만 야외 수영장이 우리를 마법처럼 끌어당기고 있었다. 분명 그렇게 느껴졌다.

오늘은 수영장에 사람들이 꽤 많았다. 역시, 해가 나면 다들 여기로 오기 마련이었다. 물은 여전히 차가웠다.

이번에 튜브 없이 수영을 시도해 보려고 했다. 그런데 로비가 어딘가 이상했다. 몸이 축 늘어진 채 힘없이 내 옷자락을 붙잡았다. 얼굴이 매우 창백했다. 내가 걱정스런 얼굴로 물었다.

"로비, 괜찮아?"

로비는 고개를 저었다. 나와 카팅카는 재빨리 로비를 데리고 화장실로 갔다. 로비가 변기 가득 먹은 것을 토했다. 카팅카가 로비 등을 살살 두드리며 말했다.

"케이크를 너무 많이 먹어서 그런가 봐."

"나는 맛있던데."

"그래, 오빠는 먹보니까."

바깥으로 나오자 아딜 형이 서 있었다.

"무슨 문제 있어?"

"동생이 많이 토했어요. 혹시 소화제가 있나요?"

카팅카가 다급하게 설명했다. 안전 요원이 한 명 더 왔다. 두 사람은 로비를 매표소 옆의 작은 방으로 데리고 갔다. 그곳에는 수영복과

물안경, 수건 상자 등 수많은 물품이 놓여 있었다. 대부분 수영하던 사람들이 두고 간 물건들이었다.

안전 요원들은 로비를 침상에 눕힌 뒤 물을 마시게 했다. 로비는 아무 말도 하지 않고 벽만 빤히 쳐다보았다. 벽에는 흑백 사진 한 장이 걸려 있었다. 백 년쯤 전에 이곳 야외 수영장이 어떤 모습이었는지 알려 주는 사진이었다. 아니, 천 년 전일까? 나도 모르겠다.

그때 바다코끼리 아저씨가 안으로 들어왔다. 로비의 손목을 들고 조심스럽게 맥박을 짚더니 이렇게 말했다.

"상태가 많이 안 좋구나. 부모님이 오셔야겠는걸."

나는 아저씨에게 엄마 전화번호를 알려 주었다. 아저씨는 엄마와 짧게 통화를 한 뒤 다시 밖으로 나갔다. 나와 카팅카는 로비 옆에 앉아서 얌전히 기다렸다. 아딜 형도 옆에 있었다. 로비는 그새 잠이 들었다. 너무 무리해서 수영장에 온 걸까? 오늘따라 나도 무척 피곤했다.

카팅카는 아딜 형에게 프랑스어를 가르쳐 주려고 했다. 하지만 아딜 형은 관심을 보이지 않았다.

"나, 독일어 배워야 해. 그게 더 중요해."

카팅카가 물었다.

"어느 나라에서 왔어요?"

"시리아에서."

"혹시 난민이에요?"

"응."

"시리아는 더워요?"

"응, 무척 더워."

"그럼 오빠는 여기가 좀 춥겠네요."

"응, 맞아."

그때 또 누군가 들어왔다. 요한나였다! 나는 순식간에 정신이 번쩍 들었다. 심장이 쿵쿵 방망이질을 했다. 갑자기 몸에 열이 확 올랐다. 하지만 겉으로는 아무렇지도 않은 척했다.

요한나가 아딜 형 옆에 앉자, 형이 무슨 일인지 설명해 주었다. 그러자 요한나는 며칠 전에도 누군가 구역질이 난다며 찾아왔다고 했다. 미끄럼틀을 타고 나서 그랬다고. 옆에서 가만히 듣고 있던 카팅카가 맞장구를 쳤다.

"맞아, 그 미끄럼틀은 경사가 너무 심해!"

요한나도 고개를 끄덕였다.

"그래, 정말이야. 나도 처음 탈 때는 겁이 많이 나더라."

카팅카는 바로 쭉 타고 내려오면 괜찮다고 말했다. 그게 제일 좋은 방법이라나. 미끄럼틀 위에 서서 오래 망설이면 더 무섭기만 하다고. 요한나도 그렇게 생각한다며 맞장구를 쳤다. 둘은 쉬지 않고 대화를 나누었다. 서로 잘 맞아 보였다. 그러면서 나에게는 한마디도 걸지 않았다. 마치 내가 옆에 없다는 듯이 행동했다. 전혀 신경을 쓰지 않는 거다! 나는 괜스레 심통이 났다.

"그 미끄럼틀, 나는 하나도 안 무서워."

나는 짐짓 큰 소리로 말했다. 그건 사실이 아니었다. 나도 그 미끄럼틀이 무서웠다. 거의 수직으로 보일 만큼 경사가 심했다. 둘이 대화를 멈추고 나를 빤히 바라보았다. 나는 그 표정을 잘 알았다. 카팅카가 때때로 짓는 그 짜증스러운 표정.

"아, 진짜?"

요한나가 되물었다. 요한나가 나에게 직접 말을 걸기는 이번이 처음이었다.

"그래, 진짜!"

나는 이렇게 대답하고는 얼굴이 새빨개졌다. 내 얼굴을 보지 않아도 확실히 느낄 수 있었다.

"남자애들은 늘 저래."

요한나가 심드렁하게 말했다. 내가 아니라 카팅카에게. 카팅카가 고개를 끄덕였다.

"맞아, 정말이야."

못된 계집애 같으니라고.

"5미터 다이빙대에 서서는 20미터에 서 있는 것처럼 굴더라니까."

그 말에 요한나가 웃음을 터뜨렸다. 나는 카팅카를 한 대 치고 싶었지만 차마 그럴 수가 없었다. 요한나 앞에서 그러면 안 되니까. 뭔가 말하고 싶었지만 무슨 말을 해야 할지 몰라 입술만 달싹거렸다. 다행인지, 그때 엄마가 문을 열고 안으로 들어왔다.

엄마는 몹시 흥분해서 로비에게로 곧장 달려갔다. 로비는 막 잠에서 깨어났다. 엄마는 로비의 머리를 쓰다듬으며 걱정스러운 표정으로 물었다.

"우리 아기, 좀 어때?"

"괜찮아요."

로비가 기운 없이 말했다. 아까보다 얼굴색이 좀 좋아졌다. 엄마는 나와 카팅카를 돌아보며 말했다.

"자, 어서 집에 가자. 짐 챙겨. 로비는 얼른 집에 가서 좀 누워 있어야겠다."

그 방에서 나오면서, 카팅카는 요한나가 마치 가장 친한 친구라도 된다는 듯 환하게 미소를 지었다. 요한나도 미소로 화답했다.

나는 미소 짓지 않았다.

오래된 비밀

차를 타고 집으로 돌아가면서도 카팅카를 향한 화가 가라앉지 않았다. 카팅카는 그러거나 말거나 엄마에게 학교 선생님에 대한 이야기를 줄줄이 늘어놓았다.

"그 선생님은 언제나 자루처럼 커다란 옷만 입어요."

하지만 엄마는 그런 대화를 나눌 기분이 아니었다. 로비 때문에 걱정이 이만저만이 아니었으니까. 하지만 카팅카는 엄마의 기분 따윈 상관없다는 듯이 굴었다.

"신발은 오리처럼 생겼어요. 너무 오래 신어서 해지고 늘어난 신발이요!"

"카팅카, 선생님 복장이 너랑 무슨 상관이니? 이제 좀 조용히 해."

"게다가 선생님이 라라에게 뭐라고 한 줄 아세요? 옷을 언제나 그렇게 멋지게 차려입을 필요가 없대요. 엄마, 생각을 좀 해 봐요!"

엄마는 한숨을 푹 내쉬었다, 그것도 아주 크게.

"어쨌든 그 선생님은 별로예요."

카팅카는 이렇게 말하면서 즐겁게 손뼉을 쳤다. 지금 기분이 아주 좋은 것 같았다. 그때 로비가 불쑥 말을 꺼냈다.

"10미터가 없었어요."

"뭐라고?"

엄마가 되물었다. 로비 목소리는 아주 차분했다.

"10미터 다이빙대가 없었어요."

"어디에?"

"예전에요."

"예전 언제? 어디에?"

"수영장에요. 몽땅 회색이었을 때."

나는 로비가 무슨 말을 하는지 금방 알아들었다. 엄마에게 아까 그 작은 방에 수영장의 옛날 모습이 찍힌 사진이 있었다고 말해 주었다. 엄마는 내 말을 듣고는 수영장이 회색인 건 흑백 사진이기 때문이라고 설명했다. 100년 전에는 컬러 사진이 없었다면서.

로비가 다시 말했다.

"그러니까 그땐 색깔도 없고, 10미터 다이빙대도 없었네요."

아이고, 오늘은 로비의 날인가 보다. 이렇게 말을 많이 하다니!

얼마 뒤 집에 도착했을 때, 큰아버지가 거실에 앉아 있었다. 맞다!

큰아버지가 오늘 우리 집에 왔지. 나는 그새 큰아버지의 존재를 완전히 잊어버리고 있었다. 큰아버지는 소파에 앉아서 무서운 얼굴과 대조될 정도로 환하게 미소를 지으며 나를 바라보았다. 나는 우선 큰아버지가 우리 집에 머문다는 사실에 적응해야 했다.

"그래, 수영장은 어땠니?"

큰아버지가 물었다. 나는 로비에게 무슨 일이 있었는지 이야기했다. 요한나에 대해서는 일부러 말하지 않았다.

"나도 너만 할 때 그 야외 수영장에 자주 갔단다."

큰아버지는 이렇게 말하고는 냉장고에서 맥주 한 병을 꺼내 와 다시 소파에 앉았다.

"늘 네 아빠랑 함께 갔지. 네 아빠는 나보다 어려서 내가 돌봐야 했거든. 그래서 항상 재미있던 건 아니었어. 하지만 뭐……."

큰아버지가 맥주를 병째 한 모금 꿀꺽 마셨다. 나는 그 모습을 빤히 보다가 물었다.

"미국에 계실 때 무슨 일을 하셨어요?"

"이런 거, 저런 거. 오랫동안 집배원으로 일했어. 도살장에서 일하기도 했지. 공동묘지에서 일한 적도 있단다."

그건 정말 흥미로운 이야기였다! 나는 큰아버지가 죽은 사람의 관을 땅속에 내려놓은 뒤 삽으로 흙을 덮는 모습을 상상해 보았다. 좀비를 본 적이 있는지 물어보려는데, 카팅카가 큰아버지 옆으로 바싹 다가와 앉았다.

"큰아버지! 우리 집 어때요? 마음에 드세요?"

"그래, 아주 마음에 드는구나."

"혹시 결혼은 하셨어요?"

"음, 그렇긴 한데 아주 오래전 일이지……."

"아이는요?"

"없어."

그러자 카팅카가 목소리를 높였다.

"올랄라! 아이가 없다니!"

카팅카의 장난스런 모습에 큰아버지가 웃음을 터뜨렸다.

"하지만 이제 너희가 있지 않니!"

로비는 이틀이나 더 누워 있어야 했다. 병원에서는 위에 탈이 났다고 했다. 그래서 카팅카와 나만 수영장에 갔다. 드디어 우리가 차분하게 연습할 시간이 난 거다. 나는 5미터 다이빙대에서 두 번 더 뛰어내렸고, 카팅카는 크롤 영법으로 수영을 해서 레인을 딱 한 번 오갔다. 그 이상은 아직 무리였다.

요한나는 보이지 않았다. 바다코끼리 아저씨는 늘 그렇듯이 이날도 기분이 좋지 않아 보였다. 한참 수영을 하는데, 갑자기 소낙비가 쏟아졌다. 풀장 안에 있던 사람들이 허겁지겁 밖으로 나왔다. 빗줄기가 물에 세차게 내리꽂히며 요란한 소리를 냈다. 하늘은 어두침침한 노란색이었다.

그러고 나서 며칠 후, 학교 수업이 끝난 뒤 밖으로 나오자 큰아버지가 교문 앞에서 우리를 기다리고 있었다. 무슨 일이냐고 물어보기도

·

전에 큰아버지가 먼저 입을 떼었다.

"우리, 다 같이 야외 수영장에 가자. 로비도 데리고!"

카팅카와 나는 서로 얼굴을 마주 봤다. 큰아버지는 어리둥절해하는 우리를 보고 다시금 말했다.

"나도 가 보고 싶어서 그래. 그 수영장에 안 간 지 오래되었거든."

나는 문득 오랜만에 강가가 아니라 식당이랑 카페가 많은 길로 지나가야겠다고 생각했다. 큰아버지가 우리에게 맛있는 걸 사 줄지도 모르니까. 달콤한 아이스크림이 먹고 싶었다.

내 예상은 적중했다. 우리는 아이스크림 가게에 들어가서 각자 원하는 걸 골랐다. 로비는 자기 얼굴만 한 아이스크림을 먹었다.

수영장에 도착하자마자 우리는 수영복으로 갈아입었다. 그런데 세상에, 큰아버지 수영복이 너무나 촌스러웠다! 밝은 연두색이었는데, 엄청나게 낡은 데다 허리선이 배꼽까지 올라와 있었다. 큰아버지가 로비와 함께 얕은 풀장에 들어가자 사람들이 모두 쳐다보는 것만 같았다. 나는 괜스레 창피했다. 그렇지만 로비는 큰아버지와 같이 수영을 해서 무척 기쁜 듯했다. 우리 셋 중에서 큰아버지를 가장 좋아했으니까.

큰아버지는 아빠만큼 수영을 잘하지는 못했지만 어느 정도는 할 줄 알았다. 물이 차가운 건 별로 신경 쓰지 않았는데, 아마도 몸이 뚱뚱해서 그럴 것이다. 지방은 추위를 막아 주니까. 큰아버지는 다이빙도 한 번 했는데, 다이빙 자세가 정말이지 엉망이었다.

그때 갑자기 요한나가 나타났다. 분명 큰아버지의 우스운 수영복도, 엉망인 다이빙 자세도 모두 보았을 것이다.

한참 풀장에 있다가 밖으로 나와 다 같이 깔개에 앉아 있을 때, 큰아버지가 미국 이야기를 해 주었다. 원래라면 흥미를 느낄 법한 이야기였지만, 요한나가 가까운 곳에서 지켜보고 있는 바람에 도통 집중을 하지 못했다. 카팅카가 요한나를 발견하고는 느긋하게 손짓을 했다.

요한나는 청록색 티셔츠를 입고 있었는데, 한가운데에 금빛으로 'LOVE'라고 쓰여 있었다. 그런 요한나를 보고 있자니 왠지 평소와는 조금 다른 기분이었다. 음, 그러니까 배랑 발바닥까지 모두 이상했다. 흡사 아픈 것처럼 머리가 뜨거웠다. 실제로 아픈 건 아니었다.

나는 계속 요한나를 곁눈질했다. 안 그러려고 해도 도무지 참을 수가 없었다. 그런데 큰아버지가 나를 톡 건드렸다.

"저 아이 괜찮구나, 알프."

그러자 카팅카가 킥킥거리기 시작했다. 나는 괜히 심통이 나서 카팅카 머리에 약하게 꿀밤을 한 대 때렸다. 그래도 카팅카는 계속 웃었다. 로비는 늘 그렇듯이 구름이 움직이는 걸 쳐다보았다.

그 자리에 더 있고 싶지 않아 미끄럼틀로 갔다. 경사가 급한 계단을 올라가 길게 늘어선 줄에 섰다. 내 앞에 말리에서 왔다고 했던 남자애가 서 있었다. 나를 보고 아는 체를 했다. 기분이 좋은 모양이었다. 나는 연달아 미끄럼틀을 탔다. 미끄럼틀을 타고 내려오는 그 짧은 순간은 날아가는 것처럼 느낌이 좋았다. 그다음에는 넓은 풀장으로 가서 가장자리에 앉아 수영하는 사람들을 지켜보았다.

한 남자가 검은색 전신 수영복을 입고서 수영을 하고 있었다. 수영모도, 물안경 알도 모두 검은색이었다. 그 남자는 능숙한 실력으로 레인을 몇 번이나 오갔다. 풀장 끝에 도착하면, 프로 수영 선수처럼 몸을 둥글게 말아 회전했다. 다른 사람이 마주 오거나 말거나 상관하지 않았다.

뚱뚱한 할머니는 매너티처럼 느릿느릿 수영을 했다. 저렇게 천천히 수영하면서 가라앉지 않는 게 신기할 정도였다. 뚱뚱해서 그런 걸까? 지방은 물에 뜨니까. 또 다른 남자는 수영을 하면서 자꾸만 시끄럽게 혼잣말을 했다. 목소리를 낮게 깔고서 자기 자신에게 뭔가 이야기를 하고 있었는데, 좀 섬뜩해 보였다. 똑같이 생긴 여자 두 명은 나란히 수영을 하면서 수다를 떨었다. 쌍둥이가 틀림없었다. 또 어떤 남자는 다른 사람들과 달리 레인을 따라 똑바로 가지 않고 풀장을 이리저리 가로지르며 수영을 했다. 몇몇 사람들이 수영하는 데 방해가 된다며 화를 냈다.

검은 수영복을 입은 남자가 접영을 하기 시작했다. 그러다 뚱뚱한 할머니랑 부딪쳤는데, 사과도 하지 않고 쌩 가 버렸다. 할머니는 느릿느릿 물에서 나와 가장자리에 털썩 걸터앉았다. 눈에 눈물이 그렁그렁했다.

얼마나 시간이 지났을까? 사람 구경이 지루해져서 우리 자리로 돌아갔다. 큰아버지는 신문을 읽고 있었고, 로비는 그 옆에서 잠을 자고 있었다. 카팅카와 요한나는 보이지 않았다. 나는 말없이 큰아버지 옆으로 다가가 앉았다. 큰아버지는 별다른 말을 하지 않았지만 반가운 기색을 보였다.

나는 가만히 앉아 주변을 둘러보았다. 우리 바로 옆에 앉은 남자애들이 휴대폰을 가지고 놀고 있었다. 나도 휴대폰이 갖고 싶었지만, 아빠는 늘 단호하게 안 된다고 했다.

풀장 옆에서는 아딜 형이 어떤 남자와 이야기를 나누고 있었다. 풀밭에 있는 풀 줄기들이 햇빛을 받아 반짝거렸다. 까마귀 두 마리가 땅에 떨어진 감자튀김을 쪼아 먹고 있었다.

큰아버지가 나긋하게 말을 걸었다.

“알프, 심심하니?”

“네…….”

“여기에 다시 오니까 좋구나! 예전과 달라진 게 거의 없네.”

“정말요?”

“1인용 탈의실도 그대로 있는걸.”

“거긴 한 번도 안 가 봤어요. 돈을 내야 하거든요.”

“예전에도 그랬지……. 하지만 이따금 잠기지 않은 칸이 있기도 했어. 그러면 그 칸에 들어가서 몰래 담배를 피우곤 했단다. 그래, 그땐 그랬지…….”

나는 큰아버지가 소년이었을 때 어땠을지 상상해 보았다. 그때도 이렇게 우스꽝스러운 수영복을 입었을까? 큰아버지는 계속 말했다.

“우린 그때 쉴 새 없이 일을 꾸몄단다. 언젠가는 여기 야외 수영장에서 밤을 지새우면서 수영을 한 적도 있어. 달빛이 풀장에 내리비치는 모습이 어찌나 아름답던지!”

나는 깜짝 놀라 큰 목소리로 물었다.

"여기서 밤을 샜다고요?"

"그래!"

"그래서 어떻게 됐어요? 안 들켰어요?"

그러자 큰아버지가 만족스러운 표정을 지었다.

"당연히!"

그 순간, 나는 마음먹었다. 우리도 야외 수영장에서 밤을 지새우고 말겠다고, 꼭!

큰아버지가 내 얼굴을 빤히 바라보았다. 내가 지금 무슨 생각을 하는지 알아챈 게 분명했다. 큰아버지는 그저 싱긋 웃었다. 나도 따라 히죽 웃었다. 그걸로 충분했다.

그때 카팅카가 다가왔다.

"어디 있었어?"

"무슨 상관이람."

카팅카가 심드렁하게 대꾸했다. 아마 요한나와 함께 있었을 것이다. 마침 로비가 잠에서 깼다. 다짜고짜 물에 들어가고 싶다며 어리광을 부렸다. 큰아버지가 작게 한숨을 내쉬었다.

"아이고, 로비. 꼭 그래야겠니?"

로비는 크게 고개를 끄덕였다.

거꾸로 서기

우리 삼 남매는 도무지 진전이 없었다.

로비는 이제 튜브 없이 수영을 하기는 했다. 하지만 그게 다였다. 카팅카는 크롤 영법으로 레인을 두 번 오갈 수 있게 되었다. 나는 7미터 50센티미터에서 뛰어내리기는커녕 거기까지 올라가 본 적조차 없었다.

우리는 수영장에 가서 풀밭에 멍하니 누워 있거나 미끄럼틀만 하염없이 탔다. 가끔씩 다른 아이들과 어울려 배구장 옆 공터에서 축구를 하기도 하고, 감자튀김을 우걱우걱 먹으며 허공을 우두커니 바라보기도 했다. 정작 수영 연습은 설렁설렁 했다. 이제 겨우 6월이고, 여름은 아직 많이 남아 있었으니까.

언젠가 카팅카가 요한나의 토끼를 구경하고 왔다고 말했다. 모두 세 마리인데, 각각 연회색과 갈색, 검은색이라나? 토끼들은 집 뒤쪽의 커다란 우리에 살았는데, 거기에선 훈련장에서 무슨 일이 벌어지는지 훤히 알 수 있다고 했다. 나는 카팅카가 몹시 부러워졌다. 나도 요한나의 토끼를, 요한나의 방을 구경하고 싶었다. 아니, 사실은 요한나랑 대화를 나누고 싶었다. 하지만 요한나는 나에게 말을 걸지 않았다.

큰아버지는 작은 자동차를 구해서 여행을 떠났다. 몇 주 동안 독일 남부와 프랑스 일부를 돌아본다고 했다. 엄마 아빠는 할머니가 편찮으셔서 이틀 동안 베를린에 다녀오겠다고 했다. 그래서 우리는 그동안 엄마 친구인 군다 아주머니 집에서 지내게 되었다. 아주머니는 우리가 수영장에 갈 때마다 꼭 함께했다. 그건…… 한마디로 지옥 그 자체였다.

우리는 군다 아주머니를 좋아하지 않았다. 아주머니 집에서는 이상한 냄새가 났다. 또 쥐처럼 생긴 강아지가 한 마리 있었는데, 우리만 보면 요란하게 짖어 댔다. 아주머니 웃음소리는 또 어찌나 큰지! 꼭 당나귀가 고함을 지르는 것 같았다. 수영장에 가면 아주머니는 깔개에 앉아 선크림을 두껍게 발랐다. 그러고는 줄담배를 피워 댔다. 그것 말고는 하는 게 없었다.

방학 전 마지막 수업 날, 선생님과 몇몇 부모님들이 운동장에서 파티를 준비했다. 간이 칸막이를 세운 뒤, 그동안 우리 반에서 있었던 일들을 찍은 사진을 전시했다. 6학년이 되던 날 찍은 내 사진도 있었는데, 불과 몇 달 전인데도 어린아이처럼 보였다. 부모님들이 전시된 사진들을 보며 한마디씩 했다.

"오, 이것 좀 봐요. 애들이 정말 귀여웠어요!"

엄마와 아빠, 카팅카, 로비도 파티에 왔다. 아빠는 선생님과 두런두런 이야기를 나누었고, 엄마는 토르벤 엄마랑 대화하면서 환히 웃고 있었다. 카팅카는 막스와 배드민턴을 쳤다. 막스는 수학여행을 갔을 때 내 침대에 일부러 물을 쏟은 아이였다. 로비는 벤치에 앉아 가만히 앞만 보고 있었다. 로비가 저렇게 무언가를 골똘히 볼 때 무슨 생각을 하는지 정말 궁금했다.

파티는 다섯 시에 끝났다. 나랑 카팅카는 미리 챙겨 온 수영용품을 집어 들었다. 학교에서 야외 수영장까지의 거리는 집에서보다 훨씬 가까웠다. 그런데 아빠가 말렸다.

"수영장에 가지 마. 오늘은 가족이랑 같이 지내야지!"

"아……."

나도 모르게 탄식을 내뱉었다. 카팅카도 고개를 절레절레 저었다.

"일곱 시에 만나요, 우리 가족 모두."

카팅카는 이렇게 말하고는 애절한 눈길로 아빠를 쳐다보았다. 원하는 걸 얻어 내고 싶을 때마다 카팅카가 짓는 표정이었다.

"이제 방학이잖아요. 우린 어디 여행도 안 가고……. 원래는 여덟 시까지 있으려고 했지만, 일곱 시까지는 집에 들어갈게요."

사실 카팅카 말이 맞았다. 우리는 방학 때 아무 데도 가지 않았다. 옆 도시인 쿡스하펜으로 당일치기 소풍을 다녀오는 것 정도 빼고는. 아빠는 곰곰 생각하다가 고개를 끄덕였다.

"그래, 알았다. 배고프면 맛있는 거 사 먹어."

그렇게 해서 우리는 수영장에 갔다. 카팅카와 로비는 수영장에 도착하자마자 풀장에 들어가 수영 연습을 했다. 나는 아무 생각 없이 깔개에 누워 있었다. 따뜻한 햇살이 얼굴에 닿는 것만으로도 기분이 무척 좋았다.

그런데 갑자기 시야가 어두워졌다. 누군가 내 머리맡에 서 있는 게 틀림없었다. 카팅카겠지. 잠시 뒤 내 얼굴에 대고 수영복 물기를 짤 것이다. 이미 빤히 알고 있는 수법이었다.

"햇빛 가리지 마, 카팅카."

나는 눈을 뜨지 않고 중얼거렸다. 그런데 예상치 못한 목소리가 들렸다.

"나 좀 도와줄래?"

나는 눈을 번쩍 떴다. 요한나였다. 요한나가 내 머리맡에 서 있었다. 러브가 쓰여진 청록색 티셔츠를 입고서! 가슴이 콩닥거리기 시작했다.

"……왜?"

"내 자전거 바퀴에 펑크가 났거든."

"어, 어……. 그래."

나는 말을 더듬었다. 자리에서 벌떡 일어나 어정쩡하게 서 있자 요한나가 손짓을 했다.

"이리 따라와."

요한나의 자전거는 집 앞마당에 세워져 있었다. 집 안에서 바다코끼리 아저씨가 금방이라도 문을 벌컥 열고 나와 여기서 뭐 하냐고 물을 것만 같았다. 다행히 요한나는 아빠가 시내에 장을 보러 갔다고 말했다. 자신은 30분 후에 발레 수업을 들으러 가야 한다면서.

펑크는 자전거 앞바퀴에 나 있었다. 요한나가 공구함을 가리키며 말했다.

"저 안에 필요한 건 다 들어 있을 거야."

나는 고개를 끄덕였다. 사실 아빠에게 자전거 고치는 방법을 배우긴 했지만 전문가라 할 만한 수준은 아니었다. 아니, 제대로 할 수 있는 부분이 별로 없었다. 한 번도 혼자서 성공해 본 적이 없으니까. 하지만 나는 짐짓 큰소리쳤다.

"문제없어. 고칠 수 있어."

요한나는 미소를 짓고는 옆에 놓인 의자에 앉았다. 다행인 점은 앞바퀴 수리가 뒷바퀴보다 훨씬 간단하다는 거다. 그런데도 식은땀이 나기 시작했다. 우선 자전거에서 바퀴를 조심스럽게 분리했다. 생각보다 쉽게 빼서 속으로 안도의 한숨을 내쉬었다. 요한나가 나를 뚫어지게 바라보고 있었다.

그다음에는 타이어와 림을 분리해야 했다. 공구함에서 레버를 꺼내 천천히 분리를 하기 시작했다. 튜브에 바람을 뺀 다음 림에서 차근차근 떼어 냈다. 이제 펑크가 난 자리를 찾아야 했다. 튜브를 물에 담가 샅샅이 살폈다. 잠시 뒤 구멍 난 곳을 찾아냈다.

튜브를 물에서 꺼낸 후 물기를 닦았다. 그리고 구멍이 있는 곳을 사포로 살살 문지른 다음, 접착제를 바르고 패치를 붙였다. 웬일인지 조금도 허둥대지 않았다. 이유는 알 수 없지만 왠지 이번엔 성공할 것 같았다. 나는 튜브에 바람을 살짝 넣었다. 그래야 타이어를 림에 끼울 때 튜브가 중간에서 자리를 잘 잡았다.

드디어 타이어를 림에 끼우는 작업이 끝났다. 바퀴에 바람을 넣어 보았다. 구멍이 잘 메꿔졌다. 됐다! 속으로 깜짝 놀랐지만 아무렇지 않은 척하며 다시 바퀴를 조립했다. 나, 자전거 수리 잘하잖아!

나는 너무 기뻐하는 것처럼 보이지 않으려 애쓰며 말했다.

"다 고쳤어!"

"와, 잘됐다! 이제 출발하면 되겠어."

요한나는 이렇게 말하며 자리에서 일어났다. 그리고 자전거 핸들을 잡고 문 앞까지 밀고 간 다음, 몸을 돌려 나에게 손을 흔들었다. 흐, 그게 다였다.

아쉬운 마음을 뒤로한 채 자리로 돌아왔다. 카팅카와 로비가 수영 연습을 끝내고 깔개에 앉아 있었다. 동생들이 어디 갔다 오느냐고 물어서 사실대로 대답했다. 카팅카가 내 손을 가리키며 말했다.

"그런 것 같네."

내 손이 정비공의 손처럼 지저분했다, 자전거를 고칠 때면 늘 그렇듯이. 나는 수건으로 손을 닦았다. 그리고 잠시 후 우리는 수영장에서 나왔다.

집으로 돌아가는 길, 강가가 몹시 시끌벅적했다. 축구를 하는 사람들, 바비큐 파티를 하는 사람들, 손에 맥주병을 든 사람들, 강물을 바라보는 연인들……. 몇 년 후에는 나도 저기 앉아 있지 않을까?

그때 맞은편에서 어떤 아저씨가 걸어왔다. 아저씨는 수레가 달린 자전거를 끌고 다니면서 쓰레기통을 하나씩 뒤지고 있었다. 빈 병을 꺼내 수레에 담았다. 풀밭이나 길가에 떨어진 병도 주웠다. 수레에는 이미 맥주병과 탄산음료 병들이 가득했다.

갑자기 로비가 웃음을 터뜨렸다. 그 아저씨를 순식간에 좋아하게 된 거다. 로비는 바로 달려가더니 강변 덤불에서 병을 하나 주워 아저씨에게 가져다줬다. 아저씨는 그런 로비를 보고 빙긋 웃었다.

"고맙다, 꼬마야. 아주 친절하구나!"

덥수룩하게 난 수염과 잘 어울리는 걸걸한 목소리였다. 로비가 명랑하게 대답했다.

"벌써 많이 모으셨네요! 모두 여기서 찾은 거예요?"

"그래. 여기서도 모았고, 다른 곳에서도 모았어."

"이걸로 뭐 하실 거예요?"

"슈퍼마켓에 가져다주고 돈을 받아야지."

"가져다주면 얼마를 받아요?"

카팅카와 나는 이 상황을 보고도 믿을 수가 없었다. 로비가 단어 몇 개보다 많은 말을 했다. 문장으로 말을 했다! 게다가 지금 처음 보는 사람과 '대화'를 나누고 있었다. 아저씨는 로비에게 친절하게 답해 주었다.

"그때그때 다르단다. 5유로에서 6유로 정도? 오늘도 가져가 봐야지……."

"병 찾는 거, 도와드릴까요? 전 물건 찾기 선수거든요!"

그러자 아저씨가 웃음을 터뜨렸다.

"하하! 아니, 괜찮아. 꼬마야, 이제 집에 가야지. 늦었는걸."

"아저씨, 어디에 사세요?"

로비는 쉬지 않고 계속 물었다.

"성문 아치 아래에. 저기 바로 뒤쪽에 살아."

우리는 아저씨와 나란히 강변 성문 아치까지 걸었다. 안쪽 구석진 곳에 침대가 있었다. 작은 옷장과 책이 꽂힌 책장도 있었다. 집과 똑같았지만, 바깥이라는 것만 달랐다. 로비가 감탄한 듯이 크게 외쳤다.

"침대 정리를 잘하셨네요! 제 침대는 아직도 엄마랑 아빠가 정리해 주세요."

"이제 너도 슬슬 직접 할 때가 되지 않았니?"

로비는 고개를 끄덕이고는 이렇게 물었다.

"아저씨, 이름이 뭐예요?"

"콘라트. 난 책 좀 읽어야겠다. 병은 조금 있다가 가져다줘야지."

아저씨는 작은 캠핑 의자에 앉았다.

"잘 가라, 얘들아. 또 보자!"

집에 오자마자 로비는 깔끔하게 정리된 침대에 몸을 던지더니 이리저리 뒹굴었다. 그리고 침대가 지저분해지자 깔끔하게 정리하기 시작했다. 로비가 침대 정리를 했다! 로비가, 스스로! 나는 침대보와 이불을 반듯하게 펴겠다고 끙끙대며 잡아당기는 동생을 빤히 지켜보았다. 아주 열심이었다.

아빠가 우리 방에 고개를 빼꼼 들이밀고 물었다.

"로비, 무슨 일이지?"

로비는 대답 없이 계속 이불과 침대보를 잡아당겼다. 베개도 팡팡 두드려 반듯하게 폈다. 아빠가 다시 물었다.

"별일 없니?"

로비는 고개를 끄덕였다. 우리는 아빠에게 강가에서 만난 아저씨 이야기를 했다. 아빠도 그 아저씨를 본 적이 있다고 했다. 침대랑 다른 물건도 보았다고.

"그 거지 아저씨가 거기서 정말 편안하게 살아요."

카팅카가 신이 나서 말하자, 엄마가 말을 바로잡았다.

"그렇게 말하면 안 돼. 거지가 아니고 노숙자야. 그리고 편하다고 해도, 추운 겨울을 나긴 힘들지도 몰라."

"그럴 수도 있겠네요."

카팅카는 이렇게 대답하고선, 물구나무서기를 하려고 바닥에 쪼그려 앉았다.

"전 커서 모델이 될 거예요. 그래서 파리에 살고 싶어요. 멋진 옷을 입고 화려한 거리를 다니면서 좋은 냄새를 풍겨야지."

엄마가 카팅카의 손톱을 가리키며 말했다.

"너, 또 내 매니큐어 몰래 발랐구나. 그런 걸 바르기에는 아직 너무 어린데!"

"선생님도 늘 그렇게 말씀하세요. 하지만 뭐 어때요!"

카팅카는 이렇게 대답하고는 손바닥을 바닥에 짚고 허공에 거꾸로 섰다. 그 모습을 보고 아빠가 웃음을 터뜨렸다. 하지만 엄마는 카팅카가 맹랑하게 말을 하고, 아빠가 그 말에 웃는 걸 좋아하지 않았다. 엄마가 다시 말했다.

"아무튼 좋은 계기구나. 너희도 이제부터 침대 정리를 직접 하도록 해."

카팅카가 싯궂게 말했다, 여전히 물구나무를 선 채로.

"전 지금 할 수 없어요. 거꾸로 서 있으니까요!"

계획을 계획하다

6월이 되자 수영장 옆 훈련장에서 축구 훈련이 시작되었다. 하반기 분데스리가 축구 경기 시즌이 곧 시작되기 때문에 선수들이 휴가를 끝내고 돌아온 것이다.

우리는 야외 수영장에 있다가 심심해지면 이따금 훈련장으로 가서 선수들이 축구 연습하는 모습을 지켜보았다. 선수들은 프리킥을 연습하거나, 4 대 4로 팀을 나눠 경기를 했다. 훈련이 끝나면 기다리던 팬들에게 사인을 해 주거나 사진을 찍어 주었다.

선수들은 그야말로 스타였다. 누구나 선수들의 사인을 받고 싶어 했다. 물론, 우리도 그랬다.

우리는 선수들을 만날 때마다 사인을 받았다. 대부분의 선수들은 친절하게 대할 뿐 아니라 기꺼이 우리에게 시간을 내주었다. 하지만 몇몇은 자신이 엄청난 스타인 양 굴었다. 거만한 표정으로 우리가 내민 종이에 휙휙 성의 없게 사인을 휘갈기고는 쌩 가 버렸다.

알폰소 블라시오도 그런 선수였다. 그 선수는 나나 로비를 쳐다보지도 않았다. 당연히 인사도 하지 않았다. 오로지 카팅카만 쳐다보았는데, 다른 이유에서가 아니라 알폰소 선수에게 발에다 사인을 해 달라고 졸랐기 때문이나. 사람들은 대부분 팔에 사인을 받으려 했다. 그러니까 조금 특별해 보였을지도 모른다. 카팅카는 발에 사인을 받는 게 더 폼이 난다고 생각한 모양이었다.

물론 알폰소 선수는 질색을 했다.

"에에?"

카팅카는 당당하게 말했다.

"여기에 사인을 해 달라고요! 똑바로 잘 써 주세요. 조금 전에 다른 애한테 해 준 것처럼 아무렇게나 휘갈기지 말라고요."

"에?"

알폰소 선수는 다시 한번 이상한 소리를 냈다. 독일에 산 지 벌써 2년이 넘었다고 들었는데, 독일어를 거의 못하는 모양이었다. 머리부터 발끝까지 문신이 있었는데, 빈 곳을 찾는 게 더 힘들 정도였다.

카팅카는 발차기를 하듯이 오른발을 쭉 뻗어 알폰소 선수에게 내밀었다. 얼마나 유연한지, 발이 거의 알폰소 선수의 코 바로 밑까지 닿았다. 카팅카가 소리쳤다.

"얼른 사인해 달라고요! 내가 계속 플라밍고처럼 이렇게 서 있을 수는 없잖아요."

어쩌면 알폰소 선수는 카팅카의 새까만 발에 짜증이 났는지도 모른다. 아니면 뭘 해야 하는지 정말 몰랐거나. 어쨌든 그는 카팅카에게 더 신경을 쓰지 않고 그냥 가 버렸다. 그러자 카팅카가 등 뒤에 대고 고래고래 소리쳤다.

"알폰소 선수님, 멈춰 봐요!"

그러고는 재빨리 달려가서 그를 따라잡고 다시 발을 내밀었다.

"여기에 이름을 쓰라고요! 사인펜도 있어요, 자!"

알폰소 선수는 내 동생이 돈이라도 구걸한 듯이 노려보다가, 마지못해 발에다 이름을 써 주었다. 카팅카는 몹시 뿌듯해했다.

"이렇게 빨리 해 줄 수 있었으면서. 그리고 알폰소 선수님, 페널티킥 연습 좀 하세요. 지난번에 바이에른과 경기할 때와 같은 일이 벌어지지 않게 하려면 말이에요. 골대보다 3미터나 높게 찼잖아요. 안 그러면 우리가 이길 수도 있었을 텐데. 그러니까 신경 좀 써 봐요!"

하지만 그는 카팅카의 말을 듣지 않았다. 사인을 끝내자마자 뒤도 돌아보지 않은 채 곧장 걸어가 빨간색 차를 타고 휙 가 버렸다.

로비는 옆에 있으면서도 아무것에도 관심을 주지 않았다. 그 소동이 벌어지는 내내, 자전거 보관소에 묶여 있는 개 한 마리를 빤히 보고 있었다.

그 개는 덩치가 크고 주둥이가 각져 있었는데, 아주 무시무시해 보였다. 그리고 누군가 지나갈 때마다 줄이 팽팽해지도록 당기며 마구 짖어 댔다. 로비는 그 개를 뚫어져라 바라보았고, 나는 그런 로비에게서 눈을 떼지 않았다. 로비는 이따금 이상한 행동을 하기도 하니까.

언제 무슨 일을 벌일지 알 수 없었다.

그때 요한나가 불쑥 나타났다. 늘 같이 다니는 친구와 함께 야외 수영장에서 걸어 나오고 있었다. 오랜만에 봤지만 여전히 예뻤다. 나는 잠깐 사이에 요한나에게 정신이 팔려 연방 흘끔거렸다.

그러다 퍼뜩 정신이 들어 로비를 돌아보았을 때, 나는 깜짝 놀라서 거의 기절할 뻔했다. 로비가 그 개에게 아주 바짝 붙어 서 있었다! 내가 다급히 소리쳤다.

"로비! 떨어져!"

하지만 로비는 그렇게 하지 않았다. 그 개에게 손을 내밀었다. 나는 온몸이 마비된 것처럼 그 자리에 선 채 얼어붙어 버렸다. 이제 저 개가 로비의 작은 손을 물어뜯을 텐데! 카팅카도 내 옆에 서서 로비를 빤히 보고 있었다. 주위에 있던 몇몇 사람들도, 축구 선수들도. 개가 로비를 향해 이를 드러내 보이며 으르렁거렸다.

그런데 예상치 못한 장면이 벌어졌다. 개가 으르렁거리는 걸 멈추고는, 로비가 머리를 쓰다듬는데도 얌전히 있는 것이다! 마치 이 세상에서 제일 사랑스럽고 귀여운 강아지라도 된 듯이 로비의 손을 다정하게 핥으며 꼬리를 마구 흔들었다. 로비가 미소를 지었다.

최근 내 머릿속은 어떻게 하면 남몰래 이 수영장에 들어와 밤을 지새울 수 있을지, 그 방법을 알아내는 것으로 꽉 찼다. 틈만 나면 그런 상상을 하고, 또 계획을 세우기 시작했다. 하지만 누구에게도 이 계획을 털어놓지는 않았다.

그사이에 나는 7미터 50센티미터 다이빙대에 몇 번 올라갔다 내려왔다. 올라가는 것까진 했지만, 겨우 이삼 분가량 서 있다가 내려오곤 했다. 그 시간은 늘 끔찍했다. 다른 사람들이 모두 지켜보고 있으니까.

카팅카는 이제 크롤 영법으로 레인을 세 번 오가며 수영할 수 있게 되었다. 이제 열일곱 번만 더 하면 되는 셈이었다. 그리고 로비는 레인을 완벽한 자세로 한 번 오갔다! 다리를 심하게 버둥거리지도 않았고, 허겁지겁 움직이지도 않았다. 그동안 햇빛을 오래 쬐어서 우리 몸은 짙은 갈색으로 변했다. 피부가 치즈처럼 하얀 사람들은 부러운 눈길로 우리를 흘낏거렸다.

자전거를 고쳐 준 뒤로 요한나는 가끔 나에게도 인사를 건넸다. 하지만 그뿐이었다. 언젠가 아빠와 둘이서 아이스크림을 먹으러 갔을 때, 아빠가 요한나에 대해 물었다. 나는 심드렁하게 대꾸했다.

"걔는 저한테 관심 없어요. 배구하는 남자아이들 옆에만 계속 서 있거든요."

"네가 말을 걸어 본 적 있니? 직접 말이야."

"으음, 그러니까…… 아니요."

"한번 해 봐!"

"어떻게요?"

"같이 매점에 가자고 해. 둘이서만 가는 거야."

"돈이 없어요."

아이스크림 가게 사장인 알도 아저씨가 우리에게 다가왔다. 아저씨는 이탈리아에서 왔는데, 우리와 같은 건물에 살고 있었다. 아저씨가 서툰 독일어로 물었다.

"아이스크림은 맛있나요?"

"최고예요. 언제나 최고!"

아빠가 호탕하게 대답했다. 알도 아저씨는 그 말에 무척 기뻐했다. 그리고 두 사람은 축구 이야기를 하기 시작했다. 아빠가 알폰소 선수의 이름을 꺼냈다.

"알폰소 블라시오, 정말 웃기는 선수예요."

알도 아저씨가 팔을 마구 휘저으면서 맞장구를 쳤다.

"문신이 너무 많더군요!"

나는 수영을 끝내고 온 카팅카와 로비에게 알도 아저씨가 했던 이야기를 들려주었다. 로비는 깔개에 똑바로 누워 구름을 쳐다보고 있었다. 카팅카는 내가 알도 아저씨 말투와 팔을 크게 흔드는 행동을 흉내 내는 걸 보고 깔깔대며 웃었다. 그런데 로비가 나지막하게 말했다.

"그 아저씨는 수영을 못해."

"누구 말이야? 알도 아저씨?"

내가 물었다. 로비는 계속 하늘을 쳐다보며 대답했다.

"아니, 알폰소 블라시오!"

카팅카가 큰 소리로 되물었다.

"그 선수가 수영을 못한다고? 그게 무슨 말이야?"

"내가 들었어, 며칠 전에."

로비가 대답했다. 평소에 로비는 꿈을 자주 꾸었다. 밤에 잠들었을 때뿐만이 아니라 낮에 수영장에서 잠깐 눈을 붙일 때도 그랬다. 그러고 나서 깨어나면 방금 꾸었던 꿈이 진짜라고 생각했다. 카팅카가 웃으며 말했다.

"꿈을 꾸었나 본데?"

로비는 단호하게 말했다.

"꿈이 아니야. 아까 형이랑 누나가 물에 들어갔을 때, 우리 자리 옆에 여자 두 명이 앉아 있었어. 그중 한 명이 저번에 알폰소 블라시오 선수랑 같이 있던 사람이었는데……. 다른 사람한테 알폰소 선수가 수영을 하지 못한다고 말하는 걸 들었어. 소곤소곤 말했지만 정확하게 들었다고!"

세상에! 로비가 이렇듯 길게 말을 한 건 평생 처음이었다. 로비 스스로도 깜짝 놀란 듯했다. 로비는 다시 구름을 쳐다봤다. 그러다 순식간에 스르륵 잠이 들었다. 말을 너무 많이 해서 지친 걸까? 카팅카가 개구지게 웃었다.

"올랄라! 알폰소 블라시오가 수영을 못한다 이거지?"

다음 날은 비가 왔다. 수영장에는 우리 말고 사람이 거의 없었다. 우리는 수영장 차양 아래로 들어가 빗방울이 풀장에 부딪히는 모습을 물끄러미 바라봤다.

로비가 물에 들어가자며 카팅카의 손을 잡아끌었다. 나는 7미터 50센티미터 다이빙대를 올려다봤다. 다이빙대도 나를 내려다보고 있었다. 마치 내가 오기를 기다리기라도 한 듯이. 나는 천천히 사다리를 타고 올라갔다.

위쪽은 평소와 똑같았다. 무서웠다. 바람이 귓가에서 휘파람 소리를 냈다. 나는 비에 흠뻑 젖었다. 다이빙대 끝으로 가서 아래를 내려다봤다. 위에서는 모든 게 잘 보였다. 무섭긴 했지만, 평소와 똑같은 풍경이었다.

아딜 형이 우산을 쓰고 다이빙대 바로 옆에 서 있다가 나를 발견하고선 손을 흔들었다. 바다코끼리 아저씨는 매점 앞에서 동료들과 커피를 마시고 있었다. 50미터 레인 풀장에서는 보라색 수영모를 쓴 여자 두 명이 수영 중이었다. 커다란 먹구름 가장자리로 햇살이 비어져 나왔다. 요한나가 집에서 나와 매표소 쪽으로 걸어가다가 우뚝 멈춰 섰다. 그리고 나를 올려다봤다. 세상에, 요한나가!

지금이다, 지금이 아니면 안 된다!

나는 순식간에 다이빙을 했다. 아래에 도착하기도 전에 이미 아프리라는 걸 예상했다. 내 몸이 허공에 비스듬히 놓여 있었으니까. 그 모습 그대로 물에 떨어졌다. 풍덩!

풀장에서 걸어 나오는데 등이 몹시 화끈거렸다. 아딜 형이 걱정스런 얼굴로 달려왔다. 나는 괜찮았다. 이 정도 아픔쯤은 아무렇지도 않았다. 그것보단 요한나가 내 볼품없는 다이빙을 봤다는 사실이 괜찮지 않았다. 그래도 뭐, 어쨌든 뛰어내리기는 했으니까…….

아딜 형이 물었다.

"따뜻한 차 마실래? 케이크도 있어."

나는 고개를 끄덕였다. 아딜 형은 정말 좋은 사람이다.

오후가 되자 비가 그쳤다. 사람들이 다시 붐비기 시작했다. 우리는 풀밭에 깔개를 펴고 누워서 게으름을 피웠다. 카팅카는 수영 연습을 할 마음이 없어 보였다. 로비도 가만히 누워 하늘을 쳐다보기만 했다. 나도 7미터 50센티미터에서 다이빙을 하고 난 뒤로 줄곧 지쳐 있었다. 더는 할 일이 없었다.

그래서 동생들에게 그 이야기를 하기로 했다.

"우린 언제나 낮에만 여기 오잖아."

"그렇지."

카팅카가 대답했다.

"밤에 와도 좋을 텐데."

카팅카가 나를 빤히 바라보았다.

"밤에?"

"응."

"하지만 밤에는 문을 닫잖아."

"그렇지, 그래도……."

"그래도 뭐?"

"한번 시도해 볼 순 있지 않을까? 예를 들어 담을 넘는다거나……. 그냥 예를 들어서 말이야……."

카팅카는 나를 계속 빤히 보다가 고개를 끄덕이며 말했다.

"올랄라, 올랄라."

"올랄라? 뭐가?"

로비가 나른한 표정으로 물었다. 눈에 졸음이 가득했다. 카팅카가 로비의 머리를 쓰다듬었다.

"아가야, 계속 자. 나중에 설명해 줄게."

"좋아."

로비는 이렇게 대답하고 스르르 눈을 감았다. 카팅카가 내게 몸을 기울이며 소곤거렸다.

"엄청난 생각인 것 같은데? 드디어 진짜 뭔가 범죄 같은 일을 저지르는 거야! 그러자면 담요가 있어야겠지. 또 로비는 물개 인형을 가지고 와야 해. 코코아를 담아 올 보온병도 필요하고, 읽을 책도 필요하고……."

"그래그래, 알았어."

나는 얼른 이렇게 말했다. 막상 말을 꺼내고 보니 모든 게 무시무시했다. 하지만 카팅카는 완전히 들떠 있었다. 나를 자꾸 다그쳤다.

"언제 해? 내일?"

"미쳤어? 우선 계획을 짜야지!"

"그래, 계획! 계획을 계획해야 해!"

카팅카가 신이 나서 외쳤다. 나는 다급하게 검지손가락을 입에 가져다 댔다.

"쉿! 그렇게 떠들지 마! 그리고 아빠랑 엄마께는 절대로 말하면 안 돼. 알았어? 요한나에게도 말하지 마!"

랑데부!

집으로 돌아가는 길에, 로비가 아까 무슨 이야기를 했느냐고 물었다. 나는 대충 둘러댈 생각이었다. 로비는 아직 어려서, 이 비밀 계획을 말해 주었다간 저녁 식사 자리에서 불쑥 꺼낼지도 모르니까.

"별로 중요한 거 아니야."

하지만 로비는 고집을 부렸다.

"아니, 중요해. 나도 알고 싶어!"

나는 거짓말을 했다.

"요한나 일이야. 자전거를 또 고쳐 달래."

"거짓말!"

로비가 고함을 질렀다. 그런데 카팅카가 대뜸 이렇게 말하는 거다!

"알프 오빠가 엄청난 아이디어를 냈어. 우리 셋이 야외 수영장에서 밤을 지새우는 거지. 아가야, 넌 어떻게 생각해?"

"좋아."

로비는 이렇게 대답하고는 거짓말을 한 나를 발로 걷어찼다.

"물개 인형도 가지고 갈 테야!"

"그래, 알았어."

"그런데 원래 하면 안 되는 일이야?"

그러자 카팅카가 로비 귀에다 얼굴을 가까이 대고 소곤거렸다.

"완전 안 되지!"

"혹시 들키면 교도소에 가야 해?"

"아니, 그건 아니야. 하지만 무진장 곤란한 일이 생겨."

로비는 앞을 보며 가만히 생각에 잠겼다. 나는 걱정스러운 마음이 들어서 이렇게 말했다.

"이건 우리들만의 비밀이야. 그러니까 아무에게도 말하면 안 돼. 로비, 알았지?"

로비는 금방이라도 울 것처럼 입이 뾰로통해졌다. 그러다가 고개를 끄덕이고는, 우리가 집에 도착할 때까지 아무 말도 하지 않았다.

저녁 식사를 하면서 아빠가 오늘은 수영장에서 무얼 했는지 물었다. 나는 7미터 50센티미터 높이에서 다이빙을 했다고 말했다. 엄마 아빠는 함께 기뻐해 주었다. 이번에는 엄마가 물었다.

"다른 일은 없었어? 여전히 수영장이 재미있니?"

그러자 카팅카가 갑자기 벌떡 일어나 물구나무를 서더니 한층 높은 목소리로 대답했다.

"네, 재미있어요! 아주 많이요!"

아빠가 로비에게 물었다.

"로비, 너는 어때? 너도 재미있어?"

로비가 고개를 끄덕였다. 로비는 대부분 그렇게 고개만 끄덕였다. 그거면 충분했다.

그때부터 우리는 어떻게 하면 밤에 남몰래 집을 빠져나갈 수 있을지 궁리했다. 그 시각에 어떻게 남몰래 야외 수영장으로 들어가서 남몰래 수영할 수 있는지.

'남몰래'가 한꺼번에 너무 많았다. 하지만 달리 어쩔 도리가 없었다. '남몰래'가 아니고서는 될 일이 아니었으니까.

우리는 저녁에 수영장에 스스로 갇히는 방법을 생각해 보았다. 문을 닫기 직전에 살그머니 샤워실에 들어가 숨은 뒤, 직원들이 청소를 마치고 퇴근할 때까지 기다리는 거다. 바깥이 조용해지고 날이 어두워지면 다시 나와서 수영을 하면 되겠지. 담요를 몸에 둘둘 만 채 간식을 먹거나 누워서 시간을 보내다가, 수영장 문이 열리기 30분 전에 다시 샤워실에 들어가 숨는 거다. 그리고 바깥이 수영하는 사람들로 붐빌 때 나오면 된다.

그러다가 엄마 아빠가 떠올랐다. 우리가 평소와 달리 일곱 시까지 집에 들어오지 않으면 놀라서 경찰에 신고를 할지도 모른다. 또, 바다코끼리 아저씨와 동료들이 샤워실을 칸마다 열어 볼 수도 있다. 안전요원 형들에게 걸리기라도 하면 우리는 야외 수영장 자유 이용권을 빼앗기는 것은 물론, 수영장 출입을 아예 못 하게 될 수도 있다. 또 집에서는 최소한 4주 동안 외출 금지령이 떨어질 거고.

카팅카가 고개를 저었다.

"그 계획은 안 되겠다. 우리, 똑똑하게 생각해야 해. 똑똑한 것보다 더 똑똑하게!"

엄마 아빠가 잠이 든 후에 집에서 살그머니 빠져나오는 방법밖에 없었다. 그리고 다음 날 아침에 엄마 아빠가 일어나기 전에 다시 집으로 돌아가는 거다.

수영장 옆에서는 축구 훈련이 한창이었다. 바람이 한 방향으로 불 때면 선수들이 외치는 소리와 공을 세게 차는 소리가 들려왔다.

어느 화요일 오후, 우리는 선수들이 훈련하는 모습을 지켜봤다. 그리고 훈련이 끝나자마자 사인을 받았다. 알폰소 선수가 카팅카의 발에 해 준 사인은 이미 오래전에 지워졌다. 우리는 언제나 물에 들어가 있었으니까.

알폰소 선수가 우리 옆을 지나갔다. 카팅카가 그의 이름을 크게 부르며 저번처럼 발을 높게 뻗었다.

"알폰소 블라시오 선수님! 이것 봐요, 지난번에 해 준 사인이 다 지워졌어요! 새로 해 주세요!"

아마 알폰소 선수는 카팅카를 똑똑히 기억하고 있을 것이다. 자기 코밑에 발을 들이대고 사인을 해 달라고 한 사람은 카팅카뿐일 테니까. 하지만 그는 카팅카를 모른 척하며 지나갔다. 그러면서 다른 사람들에게는 사인을 해 주었다. 카팅카가 고함을 내질렀다.

"알, 폰, 소오오오! 블라, 시, 오오오오! 얼른 사인해 줘요! 이러다 내 발에 쥐 나겠어요!"

하지만 알폰소 선수는 거만한 표정으로 카팅카를 바라보고는 고개를 절레절레 저었다. 그러고 어떤 여자가 내민 카드에 사인을 해 주고 다시 걸어갔다.

이제 카팅카는 정말로 화가 났다. 큰일이다, 카팅카를 화나게 하면 안 되는데! 카팅카는 목이 터져라 소리쳤다.

"알폰소 블라시오 선수님! 우리랑 같이 수영해요! 수영할 줄 모른다면서요? 내가 가르쳐 줄게요! 내 동생 로비도 지금 배우고 있어요!"

알폰소 선수는 독일어를 거의 할 줄 모르지만, 알아듣는 건 조금 더 잘하는 모양이었다. 걸음을 멈추고 고개를 돌려 카팅카를 바라보더니 이렇게 말했다.

"오케이, 오케이. 해 줄게, 사인."

카팅카는 기뻐하며 발을 땅에 내려놓고 말했다.

"다리가 아파서 이제 더는 발을 들고 있지 못하겠어요."

그래서 알폰소 선수는 카팅카의 발에 사인을 하기 위해 바닥에 쪼그리고 앉았다. 카팅카는 사인을 받으면서도 거만하게 굴었다.

"좋아요. 페널티 킥 연습을 좀 더 열심히 하셔야 해요. 알았죠?"

알폰소 선수는 대답하지 않고 얼른 사인을 한 다음 쌩하니 가 버렸다. 우리는 그제야 수영장으로 돌아왔다.

그런데 뜻밖에도 수영장에 토르벤이 와 있었다. 다이빙대 아래에 서서 위쪽을 하염없이 쳐다보았다.

토르벤은 거의 언제나 외톨이였다. 친구 비슷한 사람을 굳이 꼽자면 오로지 나뿐이었다. 하지만 그동안 우린 학교에서만 봤다. 토르벤을 야외 수영장에서 만나기는 오늘이 처음이었다. 나는 토르벤에게 다가갔다.

"안녕, 잘 지냈어?"

"아니, 전혀."

토르벤은 퉁명스럽게 대답하고는 매서운 눈길로 나를 바라봤다. 그러더니 손을 번쩍 들어 10미터 다이빙대를 가리켰다.

"저기 흑인 세 명 보여?"

말리에서 온 남자애들이 다이빙대에서 어떤 여자와 웃으면서 이야기를 나누고 있었다. 토르벤이 계속 말했다. 여전히 화가 난 듯한 얼굴이었다.

"저 옆에 있는 사람, 우리 누나야. 우리 아빠는 누나가 흑인이랑 이야기하는 거 싫어해."

나는 어물쩍 대답을 피하면서 토르벤 팔을 잡았다.

"미끄럼틀 타러 갈래?"

"아니, 싫어. 누나가 저놈들이랑 무슨 얘기를 하는지 들어야겠어."

"저 세 명의 이름은 아마두, 압둘, 이수프야. 말리라는 나라에서 왔대. 이제 미끄럼틀 타러 가자. 저기에 진짜 큰 미끄럼틀이 있어. 엄청 재미있어!"

하지만 토르벤은 생각 없다며 거절하더니 곧장 다이빙대로 올라갔다. 그러고는 자기 누나랑 이야기를 하기 시작했다. 위에서 티격태격 하는 소리가 들렸다. 누나는 화를 냈고, 토르벤은 누나를 설득했다. 아마두가 말을 걸었지만 토르벤은 거들떠보지도 않았다.

아마두가 토르벤의 어깨를 툭 건드렸다. 내가 보기에 그건 무척 상냥한 동작이었다. 하지만 토르벤은 전혀 그렇게 생각하지 않았다. 눈이 뾰족해지더니, 대뜸 아마두의 팔을 철썩 때렸다! 그러자 아마두가 웃음을 터뜨렸다. 압둘과 이수프도 웃었다. 그 세 명은 토르벤을 전혀 무서워하지 않았다. 사실 훨씬 크니까.

밑에서 그 상황을 지켜보고 있던 아딜 형이 토르벤에게 다이빙을 할 게 아니면 그냥 내려오라고 소리쳤다. 토르벤의 누나도 고함을 질렀다.

"자, 어서 다이빙해! 못 해? 너, 자신 없지?"

그 말이 맞았다. 토르벤은 망설이다가 사다리를 타고 다이빙대에서 내려왔다. 아까보다 더 화가 난 표정이었다. 나는 토르벤에게 다가가 다시 물었다.

"이제 미끄럼틀 타러 갈까?"

"그러지, 뭐."

나는 토르벤이랑 같이 미끄럼틀을 몇 번 타고서 우리 자리로 데려갔다. 카팅카는 로비가 가장 좋아하는 책을 읽어 주고 있었다. 구름 위에 사는 아이들에 관한 책이었다. 토르벤은 누나 때문에 여전히 기분이 상해 있었다.

"아빠한테 다 이를 거야. 누나, 엄청 혼날걸."

카팅카는 조금 전에 무슨 일이 있었는지 다 듣고 난 뒤 토르벤을 오랫동안 빤히 바라보았다. 그럴 때 카팅카의 표정은 뭐라고 표현하기가 어려웠다. 우리가 멍청한 짓을 했을 때 엄마가 엄하게 노려보는 눈빛과 비슷했다. 카팅카가 한참 만에 입을 열었다.

"올랄라, 올랄라."

"응?"

"아마두와 압둘, 이수프는 프랑스어를 할 줄 알아."

"그게 뭐 어쨌다고?"

토르벤이 불퉁하게 대꾸했다. 카팅카는 여전히 아까와 같은 눈빛으로 빤히 바라보다가 대답했다.

"그건 특별한 거야! 잘 생각해 봐. 프랑스 사람들은 무진장 많은 걸 만들어 냈어. 예를 들면 에펠탑이 있는 파리, 크루아상, 바게트, 그리고 치즈도 발명했을걸."

토르벤은 무슨 말을 해야 할지 모르겠는 눈치였다. 아마도 카팅카를 조금 무서워하는 것 같았다. 카팅카가 계속 말을 이었다.

"아마두와 압둘, 이수프는 아프리카에서 왔어. 거기에는 사자와 기린, 코끼리, 코뿔소가 살아."

"아주 귀여운 하이에나도!"

로비가 끼어들었다. 토르벤은 여전히 카팅카가 무슨 말을 하는 건지 알아듣지 못했다. 그저 깔개만 내려다보고 있었다. 거기에는 언젠가 아빠가 쏟은 커피 얼룩이 져 있었다.

"파를레 부 프랑세?"

카팅카가 이렇게 물었다. 토르벤이 모르겠다는 표정을 짓자 내가 번역해 주었다.

"너, 프랑스 말 할 줄 아냐고."

"아니."

카팅카는 또 물었다.

"수영은 할 줄 알아?"

"물론이지!"

카팅카는 그 말을 믿지 않았다. 그래서 두 사람은 넓은 풀장으로 갔다. 로비와 나도 궁금한 마음에 뒤따라갔다. 토르벤은 카팅카에게 수영하는 모습을 보여 주었다. 꼭 기운 없는 강아지 같았다. 머리를 계속 물 바깥으로 내민 채 다리를 어색하게 버둥거렸다. 그 옆에서 카팅카가 수영을 했다. 그동안 여러 번 연습했기 때문에 잠깐 숨을 쉴 때만 머리를 바깥으로 살짝 내밀었다.

토르벤은 레인을 한 번만 헤엄치고는 자기 자리로 돌아갔다. 나는 토르벤을 따라가서 그 옆에 앉았다. 토르벤은 여전히 분이 풀리지 않는지 씩씩거렸다. 몇 미터 떨어진 유아용 풀장 가장자리에 토르벤 누나가 아까 그 남자애들이랑 앉아 있었다. 그들은 떠들썩하게 웃으며 서로에게 물을 뿌렸다.

"아빠가 누나에게 금지했단 말이야."

토르벤이 또 말했다. 나는 아까부터 토르벤이 하는 말을 도무지 이해할 수 없어서 결국 이렇게 물었다.

"도대체 왜?"

하지만 토르벤은 대답하지 않았다. 우리는 토르벤 누나가 남자애들이랑 즐겁게 노는 모습을 지켜보았다. 나는 요한나와 함께 풀장 가장자리에 앉아 물을 뿌리면서 노는 장면을 상상해 보았다. 상상만으로도 기분이 좋았다. 바로 그때, 요한나가 풀밭을 걸어가는 게 보였다. 혼자였다.

나는 더 생각할 겨를도 없이 일어나서 요한나에게 달려갔다. 그리고 대뜸 이렇게 말했다.

"저기, 매점에 같이 갈래? 네가 먹고 싶은 걸 골라. 그러니까, 음, 내가 사 줄게!"

요한나는 아무런 대답 없이 나를 빤히 바라보았다. 나는 뻘쭘해졌다. 너무 다짜고짜 물었나? 이제 멍청한 소리 하지 말라고 하겠지? 그런데 요한나가 입을 열었다.

"언제?"

세상에! 나는 얼른 대답했다.

"내일."

"좋아. 네 시?"

나는 고개를 끄덕였다. 입에 침이 말랐다. 긴장을 하면 이렇게 항상 침이 바짝 마른다.

큰아버지가 여행을 끝내고 집으로 돌아왔다. 나는 큰아버지에게 오늘 요한나와 나눈 대화를 들려주었다. 큰아버지가 내게 엄지손가락을 들어 보였다.

"그런데 문제가 하나 있어요."

내가 주뼛거리며 말했다.

"뭔지 알 것 같다. 얼마나 필요하니?"

"5유로 정도요……."

나는 미리 생각해 두었던 액수를 말했다.

"아하, 그 정도는 줄 수 있어."

큰아버지는 카팅카와 로비도 챙겨야 한다며 10유로를 줬다. 나는 큰아버지가 돈이 많지 않다는 걸 알기 때문에 거의 천 번쯤 고개를 숙여 인사를 했다. 큰아버지가 웃으며 말했다.

"그럴 필요 없다. 내가 너희를 너무 오래 돌보지 않았잖니? 이제 때가 된 거야."

"미국으로 언제 돌아가세요?"

"모르겠다. 어쩌면 안 돌아갈지도 몰라. 여기 남을 수도 있고. 내 말은, 독일에 남는다고."

"그러시면 좋겠어요."

"그래, 정말 좋을 것 같구나!"

큰아버지가 나를 보며 기쁜 표정으로 말했다.

다음 날도 나는 카팅카와 하굣길에 로비를 데리러 어린이집으로 갔다. 그곳에 벙커 침대가 하나 놓여 있었는데, 바닥까지 커튼이 드리워 있었다. 그래서인지 동굴처럼 아늑해 보였다. 로비를 데리러 갈 때마다 그 동굴로 기어 들어가 편안하게 쉬고 싶은 생각이 들었다.

하지만 오늘은 절대 그러면 안 된다. 얼른 야외 수영장에 가야 한다. 요한나가 기다리고 있으니까.

그런데 하필이면 오늘따라 로비가 움직이려고 하지 않았다. 다른 때는 언제나 바로 나오려고 했는데. 지금은 한쪽 구석에 앉아 나무 블럭을 앞에 잔뜩 쌓아 둔 채 장난감 차를 주차할 주차장을 짓고 있었다. 심지어 카팅카도 로비 옆에 앉았다. 벌써 세 시가 지난 시각이었다.

"우리, 빨리 가야 해."

내 말에 카팅카가 물었다.

"왜? 지금 여기 아주 좋잖아. 나도 로비랑 같이 뭔가 만들래."

로비는 기뻐서 손뼉을 쳤다. 나는 혼자서라도 수영장에 가고 싶었지만, 그건 엄마 아빠가 절대 안 된다고 했다. 우린 언제나 함께 있어야 했다. 나는 점점 조급해졌다.

"오늘 날씨가 좋잖아."

"아니, 곧 비가 올 것 같은데?"

나는 결국 오늘 요한나와 약속이 있다고 동생들에게 털어놓았다.

"올랄라! 랑데부!"

카팅카는 무척 재미있어했다. 로비는 그게 뭐냐고 물었다.

"좋아하는 사람이랑 만난다는 거야. 이것도 프랑스 말이지!"

로비는 카팅카를 그저 빤히 보기만 하다가 주차장을 계속 지었다. 나는 결국 동생들을 다그쳤다.

"이제 제발 좀 갈까?"

"그래, 알았어. 로비! 그만하고 일어나. 알프 오빠가 사랑에 빠졌으니까!"

다행히 네 시 조금 전에 수영장에 도착했다. 그런데 약속 시간인 네 시가 되자마자, 그러니까 정확하게 네 시에 비가 내리기 시작했다. 정말이지 이 도시는 중요한 일을 계획하기만 하면 비가 내린다.

요한나는 매점 처마 아래에 앉아 나를 기다리고 있었다. 그런데 그 옆에 바다코끼리 아저씨가 함께 앉아 있었다!

카팅카와 로비는 나를 두고 수영장 차양 아래로 들어갔다. 등 뒤로 둘이 나를 빤히 쳐다보고 있는 게 느껴졌다. 나는 천천히 풀밭을 가로질러 요한나에게 다가갔다.

"안녕!"

요한나에게 먼저 인사한 다음, 아저씨에게는 가볍게 고개를 숙여 인사했다. 아저씨가 나를 바라보며 물었다.

"요한나랑 뭘 하려고?"

"매점에 가려고요."

"왜?"

"왜냐하면……, 요한나랑 친해지고 싶어서요."

그건 사실이었다. 물론 요한나를 예쁘다고 생각한다거나 그런 말은 하지 않았다. 그런데도 바다코끼리 아저씨는 내가 아주 나쁜 말이라도 했다는 듯이 노려보다가 한마디 툭 뱉었다.

"조심해!"

이게 무슨 소리람.

"30분만이야. 갖다 와서 설거지 좀 해 둬."

아저씨가 요한나에게 말했다. 요한나는 말없이 고개를 끄덕였다.

우리는 나란히 매점으로 걸어갔다. 요한나는 각 얼음이 든 콜라가 먹고 싶다고 했다. 나도 그게 먹고 싶었다. 콜라 두 잔을 사서 바깥 처마 아래에 앉았다. 비가 미친 듯이 쏟아졌다. 내가 콜라를 가리키며 말했다.

"맛있다."

"응."

요한나가 대답했다. 나는 또 말했다.

"날씨가 바보 같다."

요한나도 그렇다고 했다. 뭔가 재미있는 이야기를 더 해 주고 싶었지만 도통 생각이 나지 않았다. 그래서 그냥 아무 말도 하지 않았다. 우리는 가만히 앉아서 후두둑 떨어지는 빗소리에 귀를 기울였다. 그것만으로도 충분했다.

그 후에는 학교에 대해 잠깐 이야기를 했다. 요한나는 역 근처에 있는 김나지움에 관심이 있다고 했다. 그 학교는 건물이 오래되어서 그런지 좀 어두침침했다. 나도 가고 싶은 학교를 말해 주었다. 그런 다음 다시 가만히 빗소리를 들었다.

나는 요한나에게 야외 수영장에서 사는 게 어떤 기분인지 묻고 싶었다. 하지만 그건 다들 물어볼 테지? 식상한 질문일 게 뻔했다.

매점에 가서 아이스크림을 두 개 더 샀다. 그러다 큰아버지가 카팅카와 로비를 챙기라고 했던 말이 떠올라서 둘이 있는 쪽으로 갔다.

"랑데부, 참 오래 걸리네."

카팅카가 짓궂게 말했다. 로비는 나를 빤히 쳐다보기만 했다.

"큰아버지가 너희 몫도 챙겨 주셨어."

나는 둘에게 5유로를 줬다. 그러자 둘도 매점에 가겠다고 했다. 그래서 다 같이 요한나가 있는 매점으로 들어갔다. 그런데 바다코끼리 아저씨가 와 있었다. 30분이 벌써 지나간 모양이었다. 아저씨가 나를 보고 말했다.

"자, 이제 끝났다."

꼭 누군가를 때리기라도 할 것처럼 공격적인 말투였다. 요한나가 나를 바라보았다. 눈빛이 이전과는 달랐다. 분명 아쉬워하는 눈치였다. 하지만 아저씨는 요한나에게 얼른 집에 들어가라고 윽박질렀다.

카팅카와 로비는 감자튀김을 샀다. 내가 한입 먹어도 되냐고 묻자, 카팅카가 딱 잘라 말했다.

"오빠는 랑데부를 했잖아. 그게 감자튀김보다 훨씬 더 좋은 거야. 프랑스어니까!"

하지만 로비는 착했다. 내게 감자튀김 접시를 슥 내밀며 말했다.

"형도 봤어?"

"뭘?"

나는 감자튀김 하나를 입에 넣으며 물었다.

"빗방울이 물에 떨어지는 거 말이야. 빗방울이 물에 닿자마자 갑자기 사라졌어."

게임 중독?

드디어 로비가 수영을 능숙하게 할 수 있게 되었다. 그때 우리는 얕은 풀장에서 아딜 형이 말리 남자애들과 이야기하는 걸 지켜보고 있었다. 로비는 서두르지 않고 느긋하게 풀장 끝으로 헤엄쳐 가고 있었다. 끝에 가서 잠깐 멈췄다가 금방 다시 돌아서 헤엄쳤다. 마치 언제나 그렇게 했다는 듯이 차분해 보였다. 로비가 풀장 안에서 고개를 빼꼼 내밀고 우리에게 말했다.

"이제 아주 쉬워. 그냥 수영을 하면 돼."

카팅카가 크게 소리쳤다.

"올랄라! 아가야, 축하 파티를 해야겠어! 모두 탄산음료를 마시자!"

우리는 로비랑 연습을 조금 더 하다가, 아딜 형을 불러서 넓은 풀장으로 갔다. 큰 풀장 안에서도 차분하게 수영하는 로비를 보며, 나는 내 동생이 정말 알 수 없는 아이라는 생각이 들었다. 로비는 수영을 하다가 구름이 있는지 보려고 하늘을 잠깐 쳐다보기까지 했다. 50미터를 아주 쉽게 헤엄쳤다. 그다음 50미터도 느긋하게 성공했다.

"또 할까요?"

로비가 물었다. 아딜 형이 웃으며 말했다.

"네가 원한다면 얼마든지. 잘한다!"

집으로 돌아와서, 엄마 아빠에게 로비 이야기를 해 주었다. 다들 기뻐했다. 아빠가 물었다.

"로비, 수영을 더 배우고 싶니?"

로비는 그러려면 뭘 해야 하는지 물었다.

"전문 강사에게 배우는 거지."

"안 할래요."

"왜?"

"그 전에 먼저 알프 형이 10미터에서 다이빙해야 해요!"

예상치 못한 로비의 말에 모두 나를 바라보았다. 카팅카는 허공에 대고 히죽 웃었다. 나는 얼결에 이렇게 대답했다.

"할 거야. 이미 7미터 50센티미터에서 뛰어내렸어."

"알프, 천천히 해. 서두를 필요 없어."

엄마가 내 어깨에 손을 올리고 마사지를 해 주었다. 엄마는 마사지를 엄청나게 잘했다. 그런데 갑자기 카팅카가 쓸데없는 소리를 하기 시작했다.

"오빠가 랑데부를 했어요. 사랑에 빠졌다고요!"

엄마 아빠가 눈을 동그랗게 뜨고 나를 바라보았다. 나는 짜증이 확 치밀었다. 아빠가 물었다.

"그때 그 아이니? 이름이 뭐야?"

대답은 카팅카가 했다.

"요한나예요. 예뻐요. 알프 오빠가 그 애에게 먹을 걸 사 줬어요. 그런데 그 아이 아빠가 와서 걔를 데리고 가 버렸어요. 그래서 오빠는 슬퍼했어요. 사랑에 빠졌으니까요."

카팅카는 이제 아예 노래를 불렀다.

"오빠는 사랑에 빠졌대요. 사랑이라는 게 있다니 참 좋아요! 랄랄랄 랄라!"

"못된 계집애!"

나는 이렇게 고함을 지르고는 바깥으로 달려 나갔다. 한참을 뛰다가 곧 터덜터덜 걸었다. 혼자 있을 만한 곳이 있다면 좋을 텐데. 우리 동네에는 숲이나 공원이나 뭐 그런 게 아무것도 없었다. 슈퍼마켓과 주차장뿐이었다. 갑자기 이유 모를 슬픔이 몰려왔다.

그래서 그냥 이리저리 쏘다녔는데, 문득 어릴 때 늘 가던 놀이터가 떠올랐다. 그곳으로 가서 그네를 탔다. 미끄럼틀도 탔다. 흔들의자에도 앉았다.

조용했다. 나 말고는 아무도 없었다. 정말 좋았다. 여기서는 차분하게 생각에 잠길 수 있었다. 요한나와 나에 대해, 밤을 지새우는 계획에 대해, 그리고 그냥 모든 것에 대해.

카팅카가 며칠 아팠다. 로비가 카팅카를 두고는 수영장에 가지 않겠다고 고집을 부렸다. 그래서 나 혼자 갔다.

막상 혼자 가 보니 평소와는 달리 재미가 없었다. 게다가 돈도 없었다. 심지어 요한나도 보이지 않았다. 바다코끼리 아저씨에게 요한나 소식을 물을 용기는 나지 않았다. 5미터 다이빙대에서 몇 번, 7미터 50센티미터에서 한 번 다이빙했다.

그런 다음 집으로 돌아왔다. 평소보다 훨씬 이른 시각이었다. 나는 고민을 하다가, 토르벤에게 전화를 걸었다. 토르벤이 흔쾌히 같이 놀자면서 자기 집으로 오라고 했다.

토르벤네 집은 단독 주택이었는데, 지하 전체를 토르벤 혼자 썼다. 1층과 2층에는 부모님과 누나가 지내는데, 지금은 그 누구도 집에 없다고 했다.

토르벤 책상 위에는 컴퓨터가 있었다. 우리 집에는 그런 게 없었다. 휴대폰도 없었다. 로비는 아직 어린 데다 어차피 구름만 쳐다보니까 그런 게 필요하지 않았다. 사실 카팅카도 아직 어렸다.

하지만 나는 벌써 열세 살이었다. 우리 반 애들 중 몇 명은 휴대폰을 가지고 있었다. 선생님이 학교에 가지고 오지 말라고 했지만, 몇몇은 쉬는 시간에 몰래 꺼내 게임을 하거나 동영상을 보면서 놀았다.

아빠는 늘 이렇게 말하곤 했다.

"그걸로 뭐 하려고? 너희에겐 야외 수영장이 있지 않니."

그런데 토르벤은 휴대폰도 있고 컴퓨터도 있는 거다. 우리는 컴퓨터 게임을 하기로 했다. 내가 컴퓨터 게임을 해 본 적이 없다고 하자 토르벤이 크게 웃었다. 하지만 이내 친절하게 설명해 주었다. 전쟁을 주제로 한 것인데, 군인들이 나와 사람들을 총으로 마구 쏘아 죽이는 게임이었다. 사람들이 불타는 집 바깥으로 달려 나오면 군인들이 그들을 향해 무자비하게 총을 쏘았다.

토르벤은 신이 나서 소리쳤다.

"자! 우리가 다 쳐부수자!"

나도 처음에는 쳐부수는 게 재미있었다. 피가 마구 튀고 사람들이 우르르 쓰러지자, 내가 힘이 세다고 느껴졌다. 그런데 토르벤이 좀 이상했다. 얼굴이 좀비처럼 창백했고, 혼잣말을 하면서 음흉하게 웃었다. 모니터 속에 있는 누군가에게 고함을 지르기도 했다. 완전히 세상과 동떨어져 있는 아이처럼 보였다.

나는 기분이 점점 더 이상해지더니, 게임도 점차 지루해졌다. 목이 말라서 뭔가 좀 마실 수 있는지 물어보았지만 토르벤은 내 말을 전혀 듣지 못했다. 그래서 다시 한번 물었다. 토르벤은 나를 보지도 않고 대꾸했다.

"뭐?"

나는 그냥 내가 물을 찾아야겠다고 생각했다. 바짝 마른 입을 침으로 적시며 방에서 나간 뒤 부엌을 찾아 위층으로 올라갔다.

위층은 아주 조용했다. 한 층 더 위에서 라디오 소리가 새어 나왔다. 바닥에는 아무것도 없었다. 거실에 아주 커다란 소파가 놓여 있었고, 그 앞에 유리 탁자가 있었다. 나는 부엌으로 가서 컵에 물을 채워 벌컥벌컥 마셨다. 그리고 다시 한번 물을 채웠다. 남의 집 안을 멋대로 돌아다니는 기분은 좀 섬뜩했지만, 꽤 흥미진진하기도 했다.

나는 물을 마시고 또 마셨다. 그러면서 벽에 걸린 사진들을 살펴보았다. 그중 하나는 토르벤이 부모님과 나무 아래에서 찍은 사진이었다. 토르벤은 손에 깃발을 든 채 웃고 있었다.

다시 아래로 내려갔다. 토르벤은 여전히 넋이 빠진 채 컴퓨터 앞에 앉아 총을 마구 쏘아 대는 중이었다. 나는 옆에 앉아 그 모습을 물끄러미 지켜보았다. 토르벤은 내가 온 줄도 몰랐다. 순간 짜증이 훅 났다.

"우리, 나갈까?"

"뭐라고?"

토르벤이 되물었다.

"밖에 나가자고! 좀 돌아다니자."

그러자 토르벤이 이상하다는 듯이 나를 봤다.

"돌아다녀? 왜?"

"그냥. 아이스크림 사 먹을까?"

"아니."

토르벤은 건성으로 대답한 뒤 총을 계속 쐈다. 그래서 나는 그냥 집으로 돌아왔다.

며칠 뒤, 또 비가 왔다. 로비는 맨발로 젖은 풀밭을 천천히 걷고 있었다. 그렇게 걷는 걸 좋아했다. 하지만 안전 요원 중에 칼레 형은 그런 걸 별로 좋아하지 않았다. 로비를 한참 보다가, 우리에게 다가와 말을 걸었다.

"저기, 네 동생 말이야……."

카팅카가 대답했다.

"로비 말인가요? 왜요?"

"걔, 정상이니?"

"당연하죠. 그걸 왜 물어요?"

"비가 오는데 걸어 다니면서 노래를 부르니까……."

그러자 카팅카가 눈을 가늘게 뜨고 날카롭게 물었다.

"그게 뭐 어때서요? 그게 왜 정상이 아니라는 거예요?"

칼레 형은 뭔가 열심히 생각하는 것처럼 보였다.

"으음, 그러니까……."

카팅카가 다그쳤다.

"그러니까 뭐요?"

"그래, 알았다."

칼레 형은 어물쩍 대답하고 그 자리를 떴다.

카팅카는 눈을 흘기고 수영을 하러 넓은 풀장으로 갔다. 지금까지 레인을 일곱 번 돌았는데, 스무 번까지 채우고 싶어 했다. 비가 와서 풀장에는 카팅카를 빼면 검은색 전신 수영복을 입은 사람 두어 명밖에 없었다. 카팅카는 출발대에서 뛰어내려 수영을 했다. 수영 자세가 점점 더 좋아졌다. 수영 강사에게 배워 본 적이 없는데도 그랬다. 어른들이 하는 걸 엿보거나 인터넷으로 배웠을 거다.

물 밖으로 나온 카팅카는 꽤 많이 지쳐 있었다. 그래도 기쁜 목소리로 말했다.

"올랄라! 뇌프!"

"응?"

내가 물었다.

"아홉! 아홉 번 했다고!"

카팅카는 이렇게 대답하고선 나를 바보라는 듯이 바라보았다. 방금 전만 해도 카팅카를 자랑스럽게 여겼지만, 이제 다시 아니다. 역시 건방지다.

그때 로비가 잿빛 하늘을 올려다보며 중얼거렸다.

"앙, 드외, 트루아, 카트르, 생크, 시스, 세트, 위트, 뇌프, 디스!"

그러자 카팅카가 소리를 지르며 로비 머리에 입을 맞추었다.

"세상에, 로비! 숫자를 다 외우다니! 파리지엥 같아!"

로비는 카팅카가 입맞춤을 한 자리를 손으로 슥 문지르고는 감자튀김이나 소시지 조각을 찾아 하늘을 맴도는 갈매기 한 쌍을 눈으로 쫓았다.

바로 그 순간, 요한나가 우산을 쓰고 우리에게 다가왔다.

"너희들, 따뜻한 코코아 마실래?"

우리는 요한나를 빤히 바라보았다.

"엄마가 너희에게 들어오겠는지 물어보래. 몸이 다 젖었잖아."

"바다코끼리는?"

나도 모르게 이렇게 말하고 말았다. 말을 하자마자 멍청한 소리를 했다는 걸 깨달았다. 어쨌든 요한나의 아빠인데! 다행히 요한나는 알아듣지 못하고 되물었다.

"무슨 바다코끼리?"

그때 카팅카가 선수를 쳤다.

"아, 우리 방금 바다코끼리 이야기를 하고 있었거든. 어디 사는지, 뭘 먹는지 그런 거 말이야."

그러고 나를 바라보며 눈을 찡긋했다. 다행스럽게도 로비는 입을 꾹 다물고 있었다.

우리는 요한나를 따라갔다. 다행히 바다코끼리 아저씨는 집에 없었다. 만약 있었다면 곤란했을 것이다. 우리가 부엌으로 들어가 앉자 요한나랑 똑같이 생긴 요한나 엄마가 뜨거운 코코아를 한 잔씩 따라 주었다. 그리고 수건을 한 장씩 챙겨 준 다음, 우리끼리 남겨 두고 밖으로 나갔다.

우리는 코코아를 마시며 이야기를 나누었다. 주로 카팅카와 요한나가 말을 했다. 나는 로비랑 나란히 앉아 있었는데, 마치 내가 로비가 된 것 같았다. 아무도 나와는 이야기하지 않는 느낌이라서 짜증이 났다. 내 마음을 알 리 없는 카팅카가 신이 나서 떠들었다.

"나는 언젠가 꼭 파리로 갈 거야. 고급 호텔에 살면서 값비싼 음식을 먹고 우아한 옷을 입어야지. 잠들기 전에 항상 그런 상상을 해. 하지만 돈이 없어."

"난 파리에 가 본 적이 있어. 작년에 부모님이랑 같이."

요한나는 자기가 파리에 가서 경험한 일과 에펠탑을 비롯해 본 것들을 하나하나 이야기했다. 나는 파리에는 전혀 관심이 없었다. 언젠가 미국에 가 본다면 참 좋을 테지만, 거기는 파리보다 가기가 더 힘들었다. 우린 정말로 돈이 없으니까.

우리 반 아이들은 방학에 어디를 다녀왔을까? 누구는 에스파냐에 간다고 했고, 누구는 스웨덴에 간다고 했다. 하지만 우리는 지금 여기 앉아서 코코아를 마시고 있었다.

그때 요한나가 불쑥 이런 이야기를 했다.

"참, 지난주에 어떤 사람들이 밤에 여기서 수영하려고 했어. 그것도 새벽 두 시에!"

"세상에!"

카팅카가 대답했다.

"마침 우리 아빠가 알아채고 바깥으로 나갔어. 그 사람들이 아빠를 봤지……."

"그래서 어떻게 됐어?"

"응, 수영복 차림으로 도망쳤어. 소지품은 여기에 모두 남겨 두고. 하지만 신분증이나 뭐 그런 건 없었어."

"그렇구나. 내가 책에서 읽었는데, 파리에는 아주 넓은 거리가 있대. 그곳에 있는 옷가게는 입장료를 내야 들어갈 수 있다나 봐. 안 그러면 못 들어가! 텔레비전에서 봤어. 입장료가 5유로라나?"

"나, 그 거리에 가 본 것 같아."

요한나가 카팅카의 말에 대답했다. 이렇게 자연스럽게 화제를 돌리다니, 나는 카팅카가 참 똑똑하다고 생각했다. 요한나는 이제 파리에서 가족과 함께 묵었던 호텔 이야기를 꺼냈다.

30분 정도 지난 후에 그 집에서 나왔다. 비는 그쳤지만 하늘은 여전히 잿빛이었다. 아주 진한 잿빛! 그래서 강을 따라 집으로 향했다. 나는 걸으면서 말했다.

"바다코끼리는 귀가 아주 밝은가 봐. 조심해야겠어."

카팅카는 재미있는 일이라는 듯이 대답했다.

"맞아. 그러니까 더욱 흥미진진해진다."

"혹시라도 실수해서 삽히면 엄청난 일을 당할 텐데."

"엄마 아빠께도 엄청 혼나겠지."

"그래도 시도는 해 볼 거야."

"그럼!"

그때 갑자기 로비가 발걸음을 멈추더니, 자기 앞쪽 길에 있는 뭔가를 가리켰다. 호박벌이었다. 배를 뒤집은 채 누워서 다리를 아주 약하게 움직이고 있었다.

카팅카가 말했다.

"안타깝지만, 이제 곧 죽을 거야."

그 말에 로비가 울음을 터뜨렸다.

"안락사……."

카팅카가 중얼거렸다. 내가 되물었다.

"뭐?"

"말이 아프면 사람이 총을 쏜대. 승마장에 다리 네 개를 모두 다쳐서 더는 서지 못하는 말이 있었는데, 사람들이 그 말한테 총을 쏘았다나 봐. 탕! 그러면 말이 더는 괴롭지 않으니까."

"그럼 호박벌은 어떻게 해야 하지?"

"밟아야지."

그러자 로비는 더 크게 울었다. 나는 고개를 저었다.

"난 못해."

카팅카도 고개를 저었다.

"나도."

우리는 호박벌을 그대로 두는 것 말고는 다른 방법이 떠오르지 않았다. 하지만 로비는 그렇지 않았다. 어디선가 나무 잎사귀를 한 장 뜯어 와서 호박벌 아래로 밀어 넣었다. 그런 다음 그걸 들고 조심스럽게 도로 가장자리로 가서 덤불 아래에 놓았다. 그리고 잎사귀를 한 장 더 뜯어 호박벌 위에 덮어 주었다.

"이제 편안할 거야."

로비가 말했다.

그제야 우리는 그 자리를 떠났다.

모든 게 좋은 날

벌써 7월 중순이었다. 갑자기 날씨가 무더워졌다.

야외 수영장은 사람들로 가득 차서 깔개를 겨우 펼칠 수 있었다. 햇살이 불타는 것처럼 뜨거워 선크림을 두껍게 자주 발랐다. 10미터 다이빙대에도 사람들이 붐벼서 도무지 올라갈 용기가 나지 않았다. 풀장에도 사람이 가득했다.

이곳에 거의 우리밖에 없던 날들이 떠올랐다. 물 위로 아름답게 떨어지던 빗방울과 서늘한 바람만이 있던 날들.

요한나는 보이지 않았다. 엄마랑 같이 며칠 동안 할머니 댁에 다녀온다고 했다. 로비는 그냥 앉아서 사람들만 바라봤다. 카팅카는 여전히 프랑스어 책을 들여다보고 있었다.

우리 옆에 앉은 아저씨와 아주머니가 목소리를 높여 싸우기 시작했다.

"당신, 제대로 된 일을 해야 할 것 아냐? 내가 언제까지 혼자 돈을 벌어야 해?"

아주머니가 흥분해서 소리쳤다. 아저씨는 담배를 피우며 초조한 목소리로 말했다.

"흥분 좀 하지 마. 목소리 낮춰!"

나는 그 소리를 듣고 있다가 카팅카에게 물었다.

"집에, 이건 프랑스어로 뭐야?"

"알 라 메종."

카팅카가 알려 주었다.

"이제 '알 라 메종'하고 싶어, 지금 당장!"

집으로 돌아가는 길에 콘라트 아저씨를 만났다. 아저씨는 성문 아치 아래 침대에 앉아 책을 읽고 있었다. 아저씨가 우리를 보고 반갑게 인사했다.

"안녕, 얘들아!"

로비가 달려가서 아저씨 옆에 앉아 물었다.

"우리, 병 모으러 갈까요?"

"아니, 꼬마야. 오늘은 저녁에 갈 생각이다. 사람들이 강변에 앉아서 음료를 마실 때 말이야. 그러면 병을 더 많이 모을 수 있거든. 돈을 많이 벌 수 있어!"

"병 모으는 거, 좋은 직업이네요."

"흐음, 글쎄……."

콘라트 아저씨가 중얼거렸다.

“난 예전에 다른 일을 했어. 장거리 화물차 운전사인 적도 있었지. 그때는 화물차를 끌고 남부 프랑스까지 갔단다.”

그러자 카팅카가 반색했다.

“와, 프랑스! 그때 멋진 귀부인들도 봤어요?”

“그럼, 그런 사람들이 사방에 돌아다녔는걸.”

아저씨가 대답했다. 카팅카는 끝없이 물었고, 아저씨는 프랑스에서 본 바다 이야기를 들려주었다. 카팅카가 왜 지금은 화물차 운전을 하지 않느냐고 물었다. 그러자 아저씨는 구슬픈 눈길로 강을 바라보며 아무 말도 하지 않았다.

8월 초순이 되었다. 이제 편하게 놀 수 있는 날이 며칠밖에 남지 않았다. 방학이 곧 끝난다. 날씨는 쉬지 않고 변덕을 부려서 어떤 때는 너무 덥고 또 어떤 때는 며칠 내내 비가 내렸다. 그럴 때면 하늘은 늘 어두운 회색이었다.

카팅카는 이제 레인을 열네 번 오갈 수 있었다. 로비는 점점 더 넓은 풀장으로 갔는데, 그때마다 아딜 형이 옆에서 지켜봐 주었다. 나는 10미터 다이빙대에 스무 번쯤 올라갔다. 하지만 안타깝게도 매번 그냥 다시 내려왔다. 요한나는 가끔 우리 자리로 와서 함께 앉아 있었다.

이제 곧 새 시즌이 시작되기 때문에 축구 선수들은 옆의 훈련장에서 혹독하게 연습했다. 우리는 이따금 축구 연습하는 걸 구경했다. 알폰소 블라시오 선수는 우리를 보면 티나게 인상을 찌푸렸다. 또 프랑스에서 새로운 선수가 왔다고 했다. 이름이 루이 루만이었는데, 모두 루루라고 불렀다. 그 선수는 훈련 시작 전과 끝난 후에 인터뷰를 해야 해서, 매일 같은 자리에 선 채 카메라를 보며 웃었다.

큰아버지는 우리 집 가까운 곳에 집을 구해서 나갔다. 그래도 우리 집에 자주자주 와서 함께 밥을 먹고 영화를 봤다. 얼마 전까지 우리 가족은 다섯 명이었는데 이제는 여섯 명이 되었다. 큰아버지가 없는 생활은 더 이상 상상할 수가 없다.

방학이 끝나고 학교에 가는 첫날, 엄마 아빠가 나를 데려다주었다. 일찍 갔다고 생각했는데도 교실은 이미 아이들로 북적거렸다. 선생님도 있었다.

그런데 내 옆자리에 휠체어를 탄 남자애가 앉아 있었다. 처음 보는 아이였다. 내 이름을 말해 준 다음 괜찮냐고 묻자, 그 아이는 고개를 끄덕이며 내게 손을 내밀었다. 악수를 했는데, 손이 축 늘어지고 힘이 하나도 없었다.

"나는 로베르트야."

그 애가 이름을 말해 주었다. 목소리가 병든 까마귀 같았다.

그리고 8월 12일이 되었다. 이날은 엄마 아빠의 결혼기념일이다. 나는 이날을 정확하게 기억하고 있다. 엄마 아빠는 결혼기념일이 되면 서로에게서 떨어질 줄을 몰랐다.

우리는 당연히, 오늘도 수영장에 가 있었다. 카팅카와 나는 깔개에 지루하게 누워 있었다. 로비는 잠이 들었다. 어린이집에서 돌아오면 로비는 언제나 피곤해했다.

카팅카가 물었다.

“학교 가니까 어때?”

“그럭저럭.”

“그럭저럭 괜찮아, 아니면 그럭저럭 별로야?”

“그럭저럭.”

“흠, 우리 담임 선생님은 정말 촌스러워. 생각해 봐. 오늘도 다 닳은 고무 슬리퍼를 신고 왔더라!”

나는 카팅카의 선생님에 대한 생각을 더는 하기 싫었다. 카팅카가 로비를 가볍게 건드렸다.

“로비, 이제 일어나. 햇빛이 너무 뜨거워. 네 머리 위에 바로 내리쬐고 있잖아!”

“아직 달이야.”

로비는 눈을 뜨지 않은 채 이렇게 중얼거렸다.

“토끼들은 언제나 구멍으로 들어와.”

“무슨 토끼?”

“여기 사는 토끼들. 밤에 배구장 뒤쪽 구멍으로 들어와.”

“그걸 어떻게 알아?”

내가 물었다. 로비는 대답하지 않고 하늘만 쳐다보았다. 로비는 하늘에서 무얼 보는 걸까?

“내가 가서 확인해 볼게.”

카팅카가 자리에서 일어났다. 성큼성큼 걸어서 배구장 뒤쪽까지 갔다가 터덜터덜 돌아왔다. 눈빛이 반짝였다.

"로비 말이 맞아. 울타리에 구멍이 있어. 토끼가 오갈 정도의 크기야. 하지만 더 크게 뚫으면 아이들도 드나들 수 있겠어. 우리 같은 애들 말이야."

카팅카는 이렇게 말하고 나서 나에게 씩 미소를 지었다.

새 친구 로베르트는 라일라라는 도우미 누나에게 도움을 받고 있었다. 라일라 누나는 아침에 로베르트를 학교에 데려왔고, 도움이 필요하든 아니든 옆에 앉아 있다가 나중에 다시 집에 데려다줬다. 누나는 스물한 살이라고 했다. 머리카락이 아주 짧았고, 코에 피어싱을 했다. 나는 누나를 처음 본 순간부터 우리 삼 남매와 친해질 수 있겠다는 생각이 들었다.

언젠가 자전거가 고장이 나는 바람에 걸어서 학교에 갔다. 그날 학교 수업이 모두 끝난 뒤 라일라 누나가 자동차로 나를 집에 데려다줬다. 나는 로베르트 옆에 앉았다. 로베르트는 거리를 내다보면서 이따금 고개를 끄덕였다.

누나가 나에게 물었다.

"오늘 뭐 하니?"

"야외 수영장에 가. 여름 동안 야외 수영장을 이용할 수 있는 자유 이용권이 있거든."

나는 누나에게 자유 이용권을 어떻게 갖게 되었는지 이야기해 주었다. 카팅카와 로비에 대한 이야기도 들려주었다. 같이 듣고 있던 로베르트가 불쑥 끼어들었다.

"나도 가고 싶다!"

당연히 가고 싶을 것이다. 그렇다면 가야지! 나는 망설이지 않고 같이 가자고 했다.

다음 날, 네 시에 우리 집 초인종이 울렸다. 카팅카가 흥분해서 소리쳤다.

"분명히 라일라 언니일 거야!"

엄마가 함께 아래로 내려와 문을 열고 인사했다. 엄마는 누나에게 우리가 일곱 시까지는 집에 와야 한다고 말했다. 누나는 예의 바르게 대답했다.

"알겠습니다."

나는 누나 옆 조수석에 앉았고, 카팅카와 로비는 뒤로 가서 로베르트 옆에 앉았다. 셋은 서로를 바라보며 눈인사를 했다. 누나가 내게 물었다.

"그 야외 수영장 말이야, 풀장에 들어갈 때 혹시 '장애인 이용 가능 설비'가 있니?"

"음, 몰라."

내가 대답했다. 사실은 그런 게 뭔지 들어 본 적도 없었다.

우리는 곧 수영장에 도착했다. 로베르트의 휠체어를 밀면서 입구 쪽으로 갔다. 오늘도 날씨가 좋아서인지 사람이 꽤 많이 붐볐다. 바다코끼리 아저씨가 입구에 서서 우리를 바라보았다.

카팅카가 아저씨에게 성큼성큼 다가가 물었다.

"풀장에 들어갈 때 '장애인 이용 가능 설비'가 있어요?"

나는 카팅카가 그게 뭔지나 알고 묻는지 의심스러웠다. 바다코끼리 아저씨는 커피를 한 모금 마실 뿐 아무런 대답을 하지 않았다. 카팅카가 다시 물었다, 이번에는 조금 더 큰 목소리로.

"여기 풀장에 '장애인 이용 가능 설비'가 있냐고요?"

"아니, 없다."

바다코끼리 아저씨가 무뚝뚝하게 대답했다.

"왜 없죠?"

라일라 누나가 따지듯이 물었다. 바다코끼리 아저씨가 눈을 가느다랗게 뜨고 누나를 흘겨봤다.

"수영장 협회가 신경 쓰지 않으니까."

"곧 달라질 거예요. 우리 사장님이 수영장 협회에 바로 서신을 발송할 테니까."

누나가 쏘아붙였지만 바다코끼리 아저씨는 고개를 휙 돌려 버렸다. 더는 우리에게 관심을 주지 않았다.

우리는 로베르트의 휠체어를 밀고 풀밭으로 가서 깔개를 펴고 앉았다. 뜨거운 햇볕을 잠깐 쬐다가 풀장에 들어가기 위해 수영복으로 갈아입었다. 로베르트는 혼자서 갈아입을 수 없어서 라일라 누나가 도와주었다.

그다음 휠체어를 얕은 풀장 가장자리까지 밀고 갔다. 누나가 휠체어 앞에 서서 로베르트를 잡아 일으켰다. 누나는 삐삐 롱스타킹처럼 힘이 셌다. 로베르트를 조심스럽게 안아 올려 풀장으로 들어간 다음, 쪼그리고 앉아 물에 살며시 내려놓았다.

로베르트는 아이처럼 기뻐했다. 큰 소리로 웃음을 터뜨리면서 사방으로 물을 튀겼다. 로비가 상어처럼 로베르트 주변을 빙빙 돌면서 헤엄을 쳤다. 나와 카팅카가 초여름에 자기에게 그랬듯이, 로베르트의 다리를 살짝 물었다.

우리가 다시 깔개에 와서 앉았을 때 라일라 누나가 물었다.

"너희들, 뭐 먹을래?"

누나는 정말 상냥하고 멋지고 특별한 사람이다. 카팅카도 그렇게 생각한 모양이었다. 게다가 라일라 누나가 갑자기 프랑스어로 긴 문장을 말했다. 그러자 카팅카가 감탄하며 소리쳤다.

"파를레 부 프랑세?"

"위, 마담!"

누나가 대답했다. 카팅카는 천사라도 보듯이 황홀한 눈빛으로 누나를 바라보았다. 잠시 후 누나를 따라 매점으로 가면서 계속 말을 시켰다. 그리고 누나와 카팅카는 아이스크림과 감자튀김, 탄산음료를 양손 가득 들고 돌아왔다.

그때 요한나가 와서 우리와 함께 앉았다. 모든 게 좋았다. 내 말은, 사는 게 그렇다는 뜻이다.

나쁜 결론

여름이 영원히 계속될 것만 같았지만, 나무를 보면 그렇지 않다는 걸 알 수 있었다. 잎사귀 끝이 노랗게 변하고 있었다. 어떤 것은 벌써 갈색이 되어 떨어지기도 했다.

나는 지금 10미터 다이빙대 위에 서 있었다. 난간을 꽉 잡은 채 나무 우듬지들을 내려다봤다. 차가운 바람이 불었고, 보슬비가 살짝 내렸다. 다이빙대 꼭대기에 서서 아무 일도 없다는 듯이 행동하기에 아주 적합한 날이었다.

여러분, 안녕하세요? 난 지금 그냥 나무를 내려다보려고 여기 서 있는 거랍니다. 내가 여기 10분째 서 있으면서 뛰어내리지 않는다고 그렇게 빤히 노려볼 필요 없어요. 어쩌면 나는 다이빙을 할 마음이 전혀 없는지도 모르니까요. 그러니 이제 그만 다른 데를 보라고요!

사실 상상 속 외침일 뿐, 아무도 그러지 않았다. 몇몇 사람들이 나를 빤히 올려다보고 있었다. 마치 약속이라도 한 것처럼! 카팅카와 로비와 라일라 누나와 로베르트도 나란히 서서 나를 쳐다보았다. 로베르트는 고개를 살짝 흔들었다.

그때 갑자기 요한나가 풀밭을 걸어왔다. 이번에는 우산 대신 하늘색 우비를 입고 있었다. 요한나의 긴 머리카락이 바람에 흩날렸다. 요한나가 다른 사람들 옆으로 가서 섰다.

이제 그냥 내려갈 수 없었다. 아, 물론 내려갈 수는 있지만 그러기 싫다는 뜻이다. 이번에는 해내야 했다. 누구나 알다시피, 지금 이 순간 강철 같은 의지가 필요했다.

나는 다이빙대 끝으로 갔다. 그리고 아주 잠깐만 아래를 내려다봤다. 오래 보면 끝장이다. 몸을 약간 폈다. 마침내…… 다이빙을 했다.

나는 화살이었다. 비와 바람을 가르는 화살. 물에 닿기 전에 재빨리 다리를 쭉 뻗었다. ……풍덩!

엄청난 다이빙이었다. 다들 내가 떨어지는 걸 봤어야 하는데!

"브라보, 브라보!"

라일라 누나가 소리쳤다. 박수를 치는 사람들이 몇몇 있었는데, 그중에는 오렌지색 수영복을 입은 할머니도 있었다. 로베르트도 박수를 치려고 양손을 빠르게 움직이며 크게 웃었다. 두꺼운 안경알 뒤편에서 두 눈이 반짝였다. 로비는 하늘을 쳐다봤다. 카팅카는 요한나와 이야기를 하는 중이었다. 둘은 엄청난 내 다이빙을 못 본 것 같았다. 이런! 짜증이 훅 치밀었다.

하지만 금방 다시 기분이 좋아졌다. 라일라 누나가 이렇게 말해 주었기 때문이다.

"잘했어! 그 느낌을 잊지 않도록 바로 다시 다이빙하는 게 좋아. 그러면 실력이 더 잘 유지될 거야."

그래서 나는 다시 한번 다이빙대에 올라가 뛰어내렸다. 이번에는 망설이지 않았다. 약간 비스듬하게 떨어졌지만 그런 것쯤은 상관없었다. 세 번, 네 번, 또 뛰었다. 내가 할 수 있다는 걸 이제 알았으니까.

만족스러운 기분으로 깔개로 돌아와 카팅카와 로비 옆에 누웠다. 로비가 대뜸 말했다.

"제비들은 아주 빨라, 자세히 볼 수 없을 만큼."

"으음."

내가 소리를 냈다. 로비는 제비를 좋아했다. 제비들은 벽에서 튀어나온 부분 아래에 집을 짓고 사람들 머리 위로 똥을 날렸다.

이번에는 내가 카팅카에게 말했다.

"너, 이제 곧 레인을 스무 번 돌아야 해. 로비와 나는 과제를 이미 완수했거든."

"알아. 잘난 척하지 마."

우리는 자주 다퉜다. 늘상 있는 일이었다. 그런데 라일라 누나가 우리를 보고 소리쳤다.

"너희들, 사이가 아주 좋구나!"

"언니도 오빠 있어?"

카팅카가 물었다.

"아니, 외동이야. 언니나 여동생도 없어."

그러자 카탕카가 충고하듯이 말했다.

"다행인 줄 알아. 그럼 언제나 편안하게 감자튀김을 먹을 수 있잖아. 알프 오빠 같은 멍청이가 좀 달라고 하지도 않을 테고."

"하지만 나는 언제나 형제자매가 있길 바랐어. 늘 엄마 아빠와 나밖에 없었으니까. 너희 셋은 좋겠다. 항상 함께하잖아. 이렇게 수영장에도 같이 오고. 정말 좋은 거지!"

대답이 마음에 들지 않았는지, 카팅카가 목소리를 높였다.

"언니에게 만약 오빠가 있었다고 해도 분명히 멍청하진 않았을 거야. 바로 그게 차이점이라고!"

그런데 그때 로베르트가 쉰 목소리로 끼어들었다.

"알프는 멍청이가 아니야. 내 친구야."

로베르트가 나를 친구라고 생각하고 있었구나. 나도 모르던 사실이었다. 그렇군! 나도 이제 새 친구가 생겼다.

며칠 후, 카팅카는 수영할 준비를 다 마쳤다. 먼저 사과맛 탄산음료 한 병을 다 마시고 빵도 하나 먹었다. 그런 다음에 풀장으로 갔다. 우리도 따라가서 가장자리 낮은 단에 자리를 잡아 앉았다.

아주 무덥고 축축한, 이상한 날씨였다. 하늘은 회색이 섞인 노란색이었다.

카팅카는 심호흡을 크게 한 다음에 수영을 하기 시작했다. 나는 카팅카가 오늘 특히 더 잘한다는 걸 깨달았다. 카팅카는 가볍게 물을 헤치고 나갔다. 우리는 카팅카가 레인 끝에 닿을 때마다 정확하게 횟수를 세었다.

"셋! 넷!"

로비는 횟수를 셀 때마다 고함을 내질렀다. 여덟 번째까지도 카팅카는 괜찮았다. 약간 지쳐 보이긴 했지만, 카팅카가 늘 말하는 '강철 같은 의지'로 계속 수영했다.

그때 갑자기 하늘에서 번개가 번쩍 내리쳤다. 그리고 우렁찬 천둥이 뒤따라 울렸다. 아딜 형이 하늘을 쳐다보며 이맛살을 찌푸렸다. 로비는 아랑곳하지 않고 횟수를 외쳤다.

"열하나! 열둘! 열셋!"

그때 바다코끼리 아저씨와 안전 요원 두 명이 풀장으로 달려왔다. 또 번개가 번쩍였다. 로비도 덩달아 흥분했다.

"열넷!"

번쩍! 또 번개가 쳤다. 천둥소리도 요란하게 났다. 사람들은 대부분 풀장 밖으로 나갔지만 카팅카는 계속 수영했다. 비가 내리기 시작했다. 빗방울이 세차게 떨어져 풀장 물에 부딪혔다. 로비는 지금 자기가 비를 맞고 있다는 것도 모르는 듯했다.

"열다섯! 열여섯!"

"모두 물에서 나와요!"

바다코끼리 아저씨가 소리쳤다. 확성기에서도 안내 방송이 나왔다.

"수영하는 사람들은 지금 바로 풀장에서 나오시기 바랍니다!"

하지만 카팅카는 그럴 생각이 없었다. 어쩌면 듣지 못했는지도 모른다. 카팅카는 스무 번을 채워서 기록을 세우려고 했다. 로비도 계속 외쳤다.

"열일곱!"

"너, 당장 나와!"

아저씨가 고함을 질렀다. 그러자 카팅카가 물에서 고개를 내밀고 숨을 헐떡이며 대답했다.

"금방 나갈게요!"

"안 돼! 지금 당장!"

아저씨는 화를 바락바락 냈다. 하지만 카팅카는 완강했다. 숨을 헐떡이며 이렇게 대답하고는 다시 물속으로 들어갔다.

"이제 조금만 더 하면 돼요!"

"빌어먹을! 당장 나와! 안 그러면 내가 끌어낼 테니!"

"열여덟!"

로비가 외쳤다. 하늘이 또다시 번쩍였다. 쾅! 천둥소리가 무시무시했다. 바다코끼리 아저씨가 풀장 가장자리로 달려갔다. 사람들은 관중석 처마 밑으로 들어가 앉아 이제 무슨 일이 벌어지는지 구경했다.

나는 카팅카가 조금 걱정스러웠다. 아니, 사실은 아주 많이. 소나기가 쏟아질 때는 번개에 맞을 수도 있어서 물에 들어가 있으면 안 된다. 바다코끼리 아저씨가 아딜 형에게 소리쳤다.

"빨리! 들어가서 저 애를 끌어내!"

아딜 형은 후다닥 바지를 벗고 풀장 안으로 들어갔다. 바지 아래에 수영복을 입고 있었다. 카팅카는 아딜 형이 다가갈 때 풀장 다른 편 끝에 있었다. 로비는 아까보다 더 크게 외쳤다.

"열아홉! 열아홉!"

카팅카는 풀장에서 나와야 했다. 이제는 정말 그래야 했다. 하지만 그러지 않았다. 아딜 형이 카팅카에게 바짝 다가갔다. 이제 팔을 뻗으면 잡을 수 있었다. 그때 카팅카가 갑자기 아딜 형을 피해 풀장을 가로질러 수영하기 시작했다. 아딜 형이 수영해서 그 뒤를 쫓았다. 하지만 아딜 형은 카팅카보다 한참 느렸다. 카팅카는 요리조리 피해 다시 원래 레인으로 돌아왔다. 그 모습을 본 다른 안전 요원 두 명이 더 풀장으로 뛰어들었다.

카팅카는 풀장 안을 이리저리 가로질러 수영을 했다. 로비는 완전히 신이 나서 외쳤다. 이번에는 나도 외치지 않을 수 없었다.

"스물! 스물! 스무우우우울!"

"스물! 와!"

바로 그 순간, 안전 요원들이 카팅카 팔을 낚아챘다. 양팔을 잡아서 물 바깥으로 끌어냈다. 번개와 천둥이 여전히 요란하게 울렸다. 안전 요원들은 마치 체포하듯이 카팅카를 꽉 움켜쥐고 관중석으로 향했다. 우리도 따라갔다.

카팅카는 너무 기쁜 나머지, 고함을 마구 지르며 웃었다.

"성공했어! 내가 성공했다고!"

하지만 기쁜 건 카팅카뿐인 듯했다. 바다코끼리 아저씨가 카팅카에게 달려와 길길이 날뛰었다. 아저씨는 내 동생 팔을 잡고 버럭 소리를 질렀다.

"너! 도대체 무슨 생각이야? 아주 위험했다고! 이 뻔뻔한 계집애!"

카팅카는 아저씨를 하나도 무서워하지 않았다. 오히려 그런 말도 재미있어했다.

"뻔뻔해, 뻔뻔해! 뻔뻔한 계집애! 그래요, 그게 바로 나예요! 야호!"

화가 머리끝까지 난 바다코끼리 아저씨가 얼굴이 시뻘게진 채 고함을 질렀다.

"이제부터 출입 금지다! 여기에 다시는 나타나지 마! 알았어?"

안 돼! 아주 끔찍한 일이 벌어졌다! 카팅카는 말을 뚝 멈췄다. 좀 전에 행복했던 표정이 싹 사라져 버렸다. 충격을 받은 얼굴로 나지막하게 말했다.

"아……, 아니, 안 돼요. 난 자유 이용권이 있다고요! 계속 올 거예요. 자주요! 여름이 끝나려면 아직 멀었다고요."

하지만 아저씨는 마음을 완전히 굳힌 듯했다.

"아니, 너에겐 끝났어! 당장 집으로 가라, 당장!"

카팅카는 결국 울음을 터뜨렸다.

"이건…… 너무 나쁜 결론이잖아요! 잔인하다고요! 빌어먹을!"

출입 금지 소동

소나기는 올 때처럼 순식간에 물러갔다. 이제 비는 살짝만 내렸다. 우리는 짐을 싸며 한마디도 하지 않았다. 로비는 풀장 위를 천천히 맴도는 갈매기를 눈으로 좇고 있었다.

강변을 따라 집으로 돌아가다가 콘라트 아저씨를 만났다. 아저씨는 자전거를 끌고 있었는데, 손잡이 양쪽에 매달린 비닐봉지에 빈 병이 가득 들어 있었다. 우리는 아저씨에게 달려가 좀 전에 수영장에서 무슨 일이 있었는지 들려주었다.

아저씨는 잠시 머뭇거리다가 말했다.

"물론 나는 그 사람을 개인적으로 알지 못하지만……. 조금 심하게 대응한 것 같긴 하구나. 하지만 흐음……, 이해가 되긴 해. 수영장 관리소장이잖아. 사고가 나면 책임을 져야 하지. 그래서 그런 걸 거야."

"하지만 저는 레인을 스무 번 도는 걸 성공해야 했단 말이에요!"

카팅카가 울면서 중얼거렸다. 로비가 손뼉을 쳤다.

"스무 번! 누나가 스무 번을 연달아 수영했어요!"

"그래, 꼬마야. 무슨 말인지 나도 알아. 하지만 아주 위험했던 것도 사실이란다."

카팅카가 울음을 그치고 물었다.

"물이 프랑스어로 뭔지 아세요?"

"몰라."

"오. 알파벳으로 이(e), 에이(a), 유(u)라고 쓴대요. 정말 우아하지 않아요?"

카팅카 말에 아저씨가 미소를 지었다.

"그래, 맞다."

"난 계속 '오'에 가고 싶어요!"

카팅카가 소리쳤다.

"앞으로도 '오'에 계속 갈 거예요. 꼭이요!"

집에 도착한 뒤, 나는 엄마 아빠에게 수영장에서 벌어진 일을 이야기했다. 엄마 아빠도 화를 냈다. 하지만 카팅카는 엄마 아빠를 지나쳐 방으로 휙 들어갔다. 곧장 침대에 엎어지고선 아무와도 말하려 하지 않았다. 로비와 나는 어떻게 해야 할지 몰랐다.

카팅카는 이제 정말 수영장에 갈 수 없는 걸까? 카팅카가 없으면 아무 재미도 없을 텐데. 그렇지만 집에 가만히 앉아 여름이 지나가는 걸 그저 보고만 있는 것도 재미없기는 마찬가지였다.

다음 날, 엄마는 카팅카가 한 일을 사과하기 위해 야외 수영장에 전화를 걸었다. 카팅카가 엄마 옆에 바짝 서서 소곤거렸다.

"만약에, 그 바다코끼리가 전화를 받으면 조심해야 해요. 전화로도 엄마를 공격할 수 있다고요……."

엄마는 한숨을 내쉬었다.

"휴, 카팅카. 도대체 네 머릿속에는 무슨 생각이 들어 있는 거니?"

카팅카는 그저 어깨만 으쓱했다. 수화기 너머로 목소리가 들렸다. 엄마가 수화기에 입술을 가까이 대고 말했다.

"안녕하세요? 마를레네 부코브스키입니다. 네, 부코브스키……. 우리 아이들 세 명이 매일 그 야외 수영장에 가거든요……. 맞아요, 알프와 카팅카, 로비예요……. 어제 뭔가 일이 생겼다고 들어서요. 네, 네……. 네? 뭐라고요? 흐음……, 카팅카는 원래 무척 예의 바른 아이예요. 가끔씩 고집을 피울 때가 있지만……. 아니, 뻔뻔하다니요? 그런 표현은 좀 지나친 것 같고요……. 그럼요, 당연히 위험하지요. 하지만…… 수영장 출입 금지는 다시 한번 생각해 주시면 어떨지요. 우리 아이들이 그 수영장을 무척 좋아해서요. 카팅카도 다시는 그러지 않겠다고 약속했어요. ……안 된다고요? 어떻게 한 번만……. 그래요, 유감스럽군요. 네, 네……. 안녕히 계세요……."

엄마는 당황한 듯 수화기를 가만히 내려다보다가 전화를 끊었다. 카팅카가 엄마 팔을 잡고 약하게 흔들었다.

"바다코끼리가 받았어요?"

엄마가 고개를 끄덕였다. 표정이 좋지 않았다.

"그것 봐요! 바다코끼리가 물어뜯는다니까요!"

엄마는 카팅카를 가만히 내려다보았다.

"이 사람은 정말이지 통명스럽구나. 이제 어쩔 수 없나 봐."

그날 저녁, 집에 돌아온 아빠에게 엄마는 바다코끼리 아저씨와 통화했다고 말했다. 옆에 있던 카팅카는 자기랑 아무 상관도 없는 이야기라는 듯이 입만 뾰로통하게 내밀고 있었다. 가만히 듣고 있던 아빠가 불쑥 이렇게 제안했다.

"내일은 일요일이잖아. 다 같이 야외 수영장에 가자. 직접 만나서 얘기를 해 보지. 두고 봐, 우리 가족은 출입 금지를 당하지 않아!"

나는 그게 정말 좋은 아이디어인지 의문이 들었다. 특히 아빠가 기분이 안 좋을 때는 어떻게 행동할지 아무도 모르는데. 나는 매우 조심스럽게 입을 열었다.

"일요일엔 사람이 무척 많아요. 그래서 느긋하게 수영하기 힘들 거예요."

"그러거나 말거나."

아빠가 콧방귀를 뀌었다.

일요일 아침, 우리 가족은 밥을 먹자마자 수영장으로 향했다. 강변을 따라 걸어가기로 했다. 한참을 걷다가 카팅카가 누군가를 보고 소리쳤다.

"콘라트 아저씨다!"

우리는 걸음을 멈추고 아저씨에게 달려가 인사했다. 그러고 엄마 아빠를 소개해 주었다.

나는 엄마 아빠가 거리에 사는 누군가와 자연스럽게 대화를 나누는 게 참 좋다고 생각했다. 두 분은 모든 사람을 똑같이 대했다. 학교 교장 선생님이든 병을 모으는 사람이든 상관하지 않았다.

아빠가 콘라트 아저씨에게 물었다.

"벌이는 괜찮으신가요?"

"그때그때 달라요. 운이 좋은 날은 많이 벌기도 한답니다. 안 좋은 날은 얼마 안 되고요."

아저씨가 대답했다. 엄마가 고개를 끄덕였다.

"몸이 힘든 것에 비하면 아쉽군요."

옆에서 듣고 있던 카팅카가 참견을 했다.

"하지만 언제나 하늘을 볼 수 있잖아요. 난 절대 사무실 같은 곳에서는 일하지 않을 거예요. 어차피 파리에 가서 모델이 될 거니까!"

"나는 병 모으는 사람이 될 거야."

로비가 말했다.

우리는 수영장에 도착해서 매표소 앞에 줄을 섰다. 우리 차례가 됐을 때 엄마는 어른 표 두 장을 샀다. 로비는 늘 그랬던 것처럼 자유 이용권을 높이 들어 올렸다. 매표소 아주머니는 당연히 우리를 알아보았다. 아주머니가 카팅카를 빤히 바라보다가 느리게 말했다.

"너희는 들어가는 데 문제가 있을 것 같구나. 으음……, 어쨌든 넌 어제……."

아빠가 친절한 말투로 물었다.

"소장님을 만날 수 있을까요?"

"소장님은 지금 바쁘세요."

"기다리겠습니다."

바다코끼리 아저씨는 10분이 지나서야 나타났다. 기분이 안 좋은지 잔뜩 찌푸린 얼굴로 풀밭을 터벅터벅 걸어왔다. 그런데 아빠가 아저씨를 보고 반갑게 소리쳤다.

"로타잖아! 로타, 이런 우연이 다 있나!"

아저씨가 아빠를 보고 깜짝 놀라더니 손을 내밀며 다가왔다.

"잘 있었나?"

두 사람은 악수를 했다. 아저씨는 엄마에게 고개를 까닥했다. 우리에게는 눈길도 주지 않았다. 아빠가 말을 이었다.

"자네가 여기 관리소장이라고는 생각도 못 했네. 학교 다닐 때는 늘 경찰이 되겠다고 하지 않았나?"

"으음, 그랬지."

아저씨가 신음 소리를 냈다. 아빠는 계속 말했다.

"이보게, 문제가 생겼다고 들었네."

"생겼고말고."

아저씨가 툴툴거렸다. 아빠를 만난 게 전혀 달갑지 않은 표정이었다. 아빠는 아랑곳하지 않고 아저씨의 팔을 잡아끌었다.

"자, 우리끼리 이야기 좀 하세."

두 사람은 한쪽 구석으로 갔다. 무슨 이야기를 하는지는 들리지 않았다. 그래도 모습은 보였다. 나는 두 사람을 빤히 바라보았다.

아빠가 말한다.

바다코끼리 아저씨가 고개를 젓는다.

아빠가 아저씨 어깨를 툭 치며 웃는다.

아저씨는 기분 나쁜 표정으로 아빠를 빤히 노려본다.

아빠가 아저씨 귀에다 뭔가 속삭인다.

아저씨 얼굴이 새빨개진다. 정말이다!

아빠가 웃음을 터뜨린다.

아저씨가 짜증을 낸다.

아빠가 검지를 치켜들고 아저씨를 몰아세운다.

바다코끼리 아저씨가 "오케이."라고 대답한다. (그렇게 말하는 아저씨 입술을 똑똑히 보았다.)

아빠가 다시 한번 아저씨 어깨를 치며 웃는다.

아저씨는 매표소로 돌아와 아줌마에게 뭔가 이야기한다.

그런 다음에 그곳을 떠난다.

아빠가 엄지를 올린 채 우리에게 돌아왔다. 매표소 아줌마가 우리더러 들어가라고 손짓했다. 아무 문제 없다고. 그러다 카팅카를 검지로 콕 집어 말했다.

"그리고 너, 이제부터 여기 규정을 잘 지켜야 해. 알겠니?"

"위, 마담!"

카팅카가 크게 소리치고 한 바퀴 빙글 몸을 돌렸다. 이야, 야외 수영장이 우리를 다시 만났다!

아빠는 바다코끼리 아저씨와 무슨 대화를 나누었는지 우리에게 얘기해 주지 않았다. 그저 이렇게만 말했다.

"남자들끼리의 비밀이야, 비밀."

나는 친구끼리의 비밀이 좋다고 생각했다. 하지만 내가 제대로 본 게 맞다면, 아빠와 바다코끼리 아저씨는 친구가 아니었다.

어느새 9월 초가 되었다. 수영장에서 밤을 새울 수 있는 날이 얼마 남지 않았다. 채 2주도 남지 않은 것이다! 하지만 여전히 우리는 계획이 없었다. 마음이 점점 다급해졌다.

카팅카가 말했다.

"그냥 수영장에 남을 수는 없어. 저녁에 집에 돌아가지 않으면 엄마랑 아빠가 경찰에 신고하실 거라고."

나도 그 말에 동의했다.

"엄마 아빠가 주무실 때까지 기다렸다가 몰래 빠져나와야 해."

"맞아, 다른 아이디어는 떠오르지 않아."

"나도 그래."

로비가 불쑥 말했다.

"일단 여기로 오면, 우리도 토끼들처럼 들어올 수 있어."

그때 요한나가 우리에게로 걸어왔다. 호랑이가 그려진 갈색 티셔츠를 입고 있었다. 요한나는 우리 옆에 앉았다. 아니, 정확하게 말하면 내 옆에!

요한나가 말했다.

"아빠가 화가 정말 많이 나셨어. 네가 물에서 나오지 않아서, 그리고 너희 아빠가 여기로 찾아오셔서 말이야."

"미안해. 하지만 나는 끝까지 수영해야 했어, 꼭! 생각해 봐, 너희 아빠가 나오라고 소리칠 때 열아홉 번째 레인이었단 말이야."

"거의 스무 번째였어!"

로비가 말했다. 요한나는 어깨를 으쓱했다. 그러더니 나를 똑바로 바라보며 말했다.

"아빠가 화가 났든 말든 나랑은 상관없어. 어쨌든 너희가 여기 계속 올 수 있게 되어 기뻐!"

나는 얼굴이 빨개졌다. 내 얼굴을 확인할 수는 없지만 분명 그랬을 것이다.

"기뻐! 나도 기뻐! 로비도 좋아해. 그리고 오빠는 무진장 좋아하고!"

카팅카가 이렇게 말하고는 짓궂게 킥킥거렸다. 요한나도 카팅카를 보고 따라 웃었다. 나는 너무 창피해서 바닥을 내려다봤다. 나중에 카팅카를 한 대 쥐어박아야겠다고 생각하면서.

요한나가 새로운 이야기를 들려주었다.

"어젯밤에 또 사람들이 수영하려고 여기 왔어. 아빠에게 들켰지."

나는 밤에 수영장에 들어왔다가 바다코끼리 아저씨한테 들키면 어떨지 상상해 보았다. 카팅카 말처럼 정말 아저씨가 우리를 물어뜯을지도 모른다. 어쨌든 잡힌 사람은 큰일이 난 셈이다. 요한나는 고개를 갸웃거렸다.

"사람들이 왜 자꾸 그러는 걸까? 참 이상해."

그때, 나는 로비와 눈이 마주쳤다. 이 꼬마, 제발 입을 다물고 있어야 할 텐데! 그런데 로비가 천천히 입을 열었다.

"……올랄라!"

요한나는 듣지 못한 것 같았다.

"너희들, 여름 다 지나고 여기 문을 닫으면 뭐 할 거야?"

카팅카가 자리에서 일어나 우아한 포즈를 취했다.

"모델 연습해야지. 그리고 프랑스어도 계속 배우고."

"나는 복싱 체육관에 갈 거야."

내가 말했다.

"멋지다!"

요한나가 나를 바라보며 칭찬해 주었다. 하지만 사실 나는 빼빼 마른 몸이라 조금 부끄러웠다. 이번엔 로비가 말했다.

"나는 병을 모을 거야. 빈 병 하나를 주우면 돈을 벌 수 있대."

그러고는 콘라트 아저씨 이야기를 했다. 요한나가 아는 체를 했다.

"그 아저씨, 나도 알아. 여기에 온 적이 있어. 샤워실을 좀 써도 되느냐고 물었는데 아빠가 내쫓았어."

"왜?"

"그 아저씨한테서 이상한 냄새가 났거든."

로비는 그 말을 듣고 뭐라고 표현할 수 없는 눈빛이 되어 요한나를 잠깐 바라보다가 구름을 올려다봤다. 내 동생은 그렇게 우리 모두에게서 잠시 멀리 떨어져 있었다. 카팅카가 맞장구를 쳤다.

"우리 학교 선생님도 좀 이상한 냄새를 풍겨. 입에서 말이야. 그리고 파리 여자들에게서는 언제나 맛있는 냄새가 난대."

"네가 그걸 어떻게 알아? 파리에 가 본 적도 없잖아."

내가 카팅카를 보며 물었다. 그러자 카팅카가 거만한 표정으로 나를 바라봤다.

"공부를 하면 그런 것도 알게 돼."

내가 꿀밤을 한 대 때렸는데도 카팅카는 그저 웃기만 했다. 로비가 갑자기 자리에서 벌떡 일어났다.

"나, 이제 수영할래. 안 그럼 물이 말라서 죽을 거야."

카팅카가 알았다며 로비와 함께 풀장으로 갔다. 나랑 요한나는 동생들이 재미있게 노는 모습을 지켜봤다. 둘은 나란히 수영하며 서로 얼굴에 물을 뿜었다. 나도 요한나와 그렇게 놀고 싶었다. 그때 요한나가 불쑥 자기 자전거가 또 말썽이라고 말했다. 바퀴 쪽에 있는 나사가 느슨해져서 덜걱거린다나?

내가 말했다.

"언제 한번 봐 줄게."

"지금 바로?"

그렇게 해서 나는 또다시 요한나네 집 앞마당으로 갔다. 요한나가 가져다준 공구로 나사를 조이려고 애를 썼다. 나사에 녹이 슬어 구슬땀을 흘려야 했지만, 그래도 마침내 단단하게 잘 조였다. 그때 집 앞을 지나가던 바다코끼리 아저씨가 묘한 표정으로 나를 빤히 바라보았다.

결전의 날

그날이 왔다. 금요일이었는데 무척 더웠다. 더 이상 고민할 시간이 없었고, 우린 이제 얼른 결정해야 했다. 너무 오래 생각하면 모든 게 복잡해져 버리니까.

금요일이면 엄마 아빠는 한 주 동안 쉬지 않고 일을 해서인지 많이 피곤해했다. 가끔씩 저녁 무렵에 7층에 사는 슈나이더 아저씨네 집에 갈 때가 있었다. 아저씨 아주머니와 맥주를 마시며 함께 영화를 봤다. 그럴 때면 우리는 집에 남아 로비를 재웠다.

이번 금요일도 그랬다. 엄마 아빠는 여덟 시쯤에 세계 여행이라도 떠나는 것처럼 우리를 꼭 껴안고 입맞춤을 한 뒤 집을 나섰다. 나와 카팅카는 말없이 서로의 얼굴을 바라보았다. 보기만 해도 서로가 뭘 생각하는지 알 수 있었다. 우리는 조용히 고개를 끄덕였다. 카팅카가 로비를 내려다보며 말했다.

"아가야, 준비됐어?"

"올랄라! 물개 인형도 가져갈 거야!"

우리는 창고에서 아빠의 커다란 배낭을 꺼내 와서 생각이 나는 대로 짐을 쌌다. 비스킷, 담요 두 장, 수건, 손전등, 펜치, 스웨터 세 개, 그리고 로비의 물개 인형. 그런 다음 옷을 미리 챙겨 입고 로비를 침대로 데리고 갔다.

"출발할 때 깨울게."

로비가 눈을 꼭 감고 말했다.

"날 잊어버리지 마! 꼭 데려가야 해!"

카팅카가 대답했다.

"걱정하지 마. 여기에 널 잊어버릴 사람은 아무도 없어."

하지만 로비도 우리처럼 흥분해서 잠을 이루지 못했다. 우리가 옆에 눕고서야 다시 눈을 감았다. 이제 겨우 아홉 시 반이었다. 우리는 혹시 뭔가 잊은 게 없는지 곰곰 생각해 봤다. 하지만 아무리 생각해 봐도 더 떠오르는 게 없었다.

초조했다. 살짝 겁도 났다. 밤에 우리끼리 밖으로 나가는 건 이번이 처음이었다. 그것도 금지된 짓을 하려고 남몰래 나가다니. 계획을 취소할 수도 있었다. 배낭을 풀고 잠옷으로 갈아입기만 하면 되는 일이었다, 평소와 다를 바 없이. 하지만 그러고 싶지 않았다.

열한 시에 엄마 아빠가 집으로 돌아왔다. 늘 그렇듯이 우리 방을 잠깐 들여다봤다. 우리는 얌전하게 누워 잠든 척했다. 두 사람은 욕실로 가서 평소처럼 이를 닦은 다음, 침실로 가서 이야기를 나누었다. 그러다 차츰 조용해졌다.

우리는 한 시간을 더 기다린 후에 로비를 흔들어 깨웠다. 로비는 눈을 잠깐 문지르더니 순식간에 잠에서 깨어났다. 심지어 흥분해서 몸을 부르르 떨었다.

집 안은 무척 어두웠다. 나는 침실 문에 귀를 가만히 가져다 댔다. 아빠가 코를 고는 소리가 작게 들려왔다. 내가 엄지를 세우자, 카팅카가 고개를 끄덕이고는 현관문을 살며시 열었다. 우리는 발끝을 세우고 복도를 살금살금 걸어갔다. 누군가 보게 되면 끝장이니까.

하지만 아무도 없었다. 우리는 무거운 건물 문을 열고 바깥으로 나왔다. 바깥은 어두컴컴했다. 그저 한 줄기 바람만 불 뿐이었다. 혹시라도 창문으로 누가 내다볼지 몰라서 덤불 뒤로 얼른 숨었다. 그러고 나서 한참 후에 걷기 시작해 작은 교차로까지 갔다.

이곳에는 잡다한 것을 파는 가판대가 있었는데 지금까지 문을 열고 있었다. 여기 주인 아저씨가 아빠와 친하기 때문에 눈에 띄지 않도록 조심해야 했다.

가판대를 무사히 지난 다음, 우리는 아이 세 명이 자정이 지난 시각에 산책하는 일이 지극히 평범하다는 듯 짐짓 당당하게 걸었다. 늦은 시각이어도 거리엔 꽤 많은 사람들이 있었다. 우리를 이상하다는 듯이 바라보기는 했지만 딱히 막아서지는 않았다.

밤의 강가는 자못 섬뜩했다. 가로등만 몇 개 켜져 있을 뿐 생각보다 꽤 어두웠다. 비가 많이 내린 후여서 강물이 강변을 넘어 철썩거렸다.

우리는 서로 손을 잡았다.

나는 로비가 다른 생각을 할 수 있도록 학교 이야기를 꺼냈다. 하지만 로비는 그저 하늘에 떠 있는 달만 뚫어져라 쳐다보았다. 거의 꽉 찬 보름달이었다.

카팅카가 말했다.

"파리의 밤은 거칠고 낭만적이야. 강가에는 범죄자와 연인들, 뭐 그런 사람들이 있어. 강 이름은 '센'이야."

멀리 성문 아치 아래에 있는 콘라트 아저씨가 보였다. 아, 좋은 징조가 아니었다. 아저씨는 우리가 지금 여길 걸어가는 게 분명히 잘못됐다고 생각할 테니까. 그래서 우리는 길을 빙 돌아 계단을 올라가서 도로로 갔다.

그런데 거기에는 경찰차가 있었다! 경찰 두 명이 자전거를 타던 사람을 검문하고 있었다. 우리는 할 수 없이 다시 강가로 내려갔다. 강가에는 몇몇 사람들이 앉아 술을 마시고 있었다. 우리는 사람들에게 들키지 않도록 담 뒤쪽으로 숨어서 조심조심 움직였다.

드디어 수영장 옆 훈련장에 도착했다. 낮과는 완전히 달랐다. 낮에는 대부분 팬들이 줄을 서서 선수들을 기다렸으니까. 지금은 아무도, 정말 아무도 없었다.

지금껏 한마디도 하지 않았던 로비가 입을 열었다.

"저기엔 누가 살아?"

"어디 말이야?"

"달에."

"아무도 살지 않아."

"하지만 고양이가……."

"아닐 거야."

"내가 한 마리 봤는걸."

"이렇게 멀리서?"

"응."

"어떻게 생겼는데?"

"파란색이었어."

우리는 파란 고양이에 대해 잠깐 이야기를 나누었다. 그러다 보니 어느새 수영장 앞이었다. 커다란 나무 문이 꽉 닫혀 있었다. 문 너머로 풀장 물이 찰랑거리는 소리가 들려왔다. 무척이나 고요했다. 우리는 모퉁이를 돌아서 토끼들이 드나드는 곳으로 갔다. 이제부터 아주 아주 조심해야 했다.

울타리 구멍은 토끼 한 마리가 겨우 들어갈 만한 크기였다. 너무 뚱뚱한 토끼는 안 될 터였다. 나는 배낭에서 펜치를 꺼내 울타리를 자르기 시작했다. 울타리가 어찌나 딱딱한지, 자르기가 너무나 힘들었다. 멀리서 개가 짖었다. 경찰차 사이렌 소리도 들렸다. 맞은편 울타리 덤불에서 뭔가 바스락거리는 소리가 났다. 점점 더 초조해졌다.

드디어 다 뚫었다. 카팅카가 제일 먼저 들어가고 로비가 그 뒤를 따랐다. 내가 구멍을 지나갈 때 윗옷이 울타리에 걸려 살짝 찢어졌다. 이 우스운 장면은 오직 달만이 보았을 것이다.

우리는 덤불 사이로 살금살금 기어가서 커다란 나무 뒤에 숨었다. 나무 위쪽에서 까마귀 울음소리가 들려왔다. 잠에서 깬 모양이었다.

가까이에 바다코끼리 아저씨네 집이 보였다. 불이 꺼져 있는지 유리창이 몹시 어두웠다. 하지만 왠지 아저씨가 커튼 뒤에 숨어서 몰래 지켜보고 있을 것만 같아서 소름이 오소소 돋았다. 우리 모두 너무 흥분한 나머지, 심장 뛰는 소리가 귀에 들리는 것 같았다.

나무에서 나무로 옮겨 가면서 천천히 움직여 미끄럼틀 아래까지 갔다. 여기는 숨을 공간이 넉넉했다. 휴! 이제야 한숨 돌리려는데, 갑자기 로비가 소곤거렸다.

"나, 오줌 마려워."

"조금만 참을 수 없어?"

"안 돼……, 엄청 급해."

결국 로비는 미끄럼틀 반대쪽으로 가서 소변을 보았다. 주변이 너무 조용해서 오줌 싸는 소리가 아주 또렷하게 들렸다. 그게 우스웠는지 카팅카가 킥킥거렸다.

우리는 잠깐 쉰 다음, 얕은 풀장까지 살금살금 움직였다. 달이 풀장을 환하게 비추었다. 물이 살갗처럼 반들거렸다. 이제 우리가 서 있는 곳에는 숨을 데가 없었다.

만약 지금 바다코끼리 아저씨가 집에서 바깥을 내다본다면 세 아이가 바지와 티셔츠를 벗는 모습을 보게 될 것이다. 우리 모두 옷 아래에 수영복을 입고 있었다.

여기까지 오는 내내 언제라도 들킬 수 있다는 생각에 마음이 조마

조마했지만, 지금 이 순간만큼은 아무 상관이 없어졌다. 이제 곧 물에 들어갈 수 있으니까. 옷을 다 벗자, 따뜻한 밤공기가 맨살에 부드럽게 와 닿았다.

"와!"

기분이 너무 좋았다! 바람이 약하게 불었고, 달빛에 물이 반짝였다. 나는 고개를 돌려 카팅카와 로비를 바라보았다. 동생들은 한껏 상기된 표정이었다. 내 표정도 그럴 것이다. 우리는 지금 똑같은 기분을 느끼고 있었다. 서로 묻지 않아도 선명하게 알 수 있었다.

내가 먼저 풀장 가장자리에서 물로 뛰어들었다. 첨벙! 시끄러운 소리가 났지만, 이제 뭐 어때! 카팅카가 내 뒤를 이어서 뛰어들었다. 첨벙! 로비는 강아지처럼 조심스럽게 물에 들어와 카팅카가 수영하는 모습을 흉내 냈다. 정말이지 모든 게 완벽했다. 지금 이 야외 수영장은 우리 삼 남매의 것이다!

우리는 잠수함 놀이를 하고, 서로에게 물을 뿌리고, 입으로 물을 내뿜으며 신나게 놀았다. 물에 등을 대고 누워 떠다니면서 가만히 달을 쳐다보기도 했다.

삼십 분쯤 지났을까? 몸이 조금씩 차가워지는 걸 깨닫고 바깥으로 나왔다. 물기를 닦고 옷을 입은 다음, 1인용 탈의실이 있는 쪽으로 걸어갔다. 풀장과 탈의실 사이에 난 통로에는 지붕이 있었고, 바닥은 널빤지로 되어 있었다. 거기에 담요를 깔고 앉아 비스킷을 꺼내 먹었다. 모든 게 계획대로였다.

이제 슬슬 피곤해졌다. 날이 밝을 때까지 잠을 자다가 돌아갈 생각이었다. 우리는 숟가락이 포개진 것처럼 서로에게 몸을 바짝 붙이고 누웠다. 눈이 부시게 환한 달빛이 우리에게 쏟아졌다.

로비가 반쯤 잠에 취한 목소리로 물었다.

"달 고양이는 뭘 먹을까?"

"달빛."

카팅카가 다정하게 대답했다. 얼굴은 보이지 않았지만, 나는 로비가 미소 짓고 있다는 걸 알 수 있었다. 나도 졸음이 쏟아졌다. 조금씩 눈이 감겼다.

그때 발소리가 들렸다.

카팅카와 나는 순식간에 벌떡 일어났다. 로비는 이미 깊은 잠에 빠져 있었다. 우리는 담 너머로 고개를 살짝 내밀고 소리의 정체를 살폈다. 그리고 공포심에 몸이 그대로 굳어 버렸다.

바다코끼리였다! 손전등을 든 바다코끼리 아저씨가 미끄럼틀을 지나 풀밭을 걸어오고 있었다.

"큰일 났다."

내가 낮게 읊조렸다. 다급하게 로비를 흔들어 깨웠다. 하지만 로비는 좀처럼 잠에서 깨지 못했다.

"더 잘래. 달 고양이 꿈을 꾸고 싶단 말이야……."

카팅카가 로비의 귀에 입술을 가까이 대고 속삭였다.

"아가, 그건 안 돼. 바다코끼리가 오고 있어."

로비가 눈을 번쩍 떴다. 순식간에 얼굴이 창백해졌다. 우리 셋 중에서도 로비가 바다코끼리 아저씨를 가장 무서워했으니까. 로비는 오들 오들 떨었다. 카팅카가 계속 말했다.

"아가, 무서워할 거 없어. 우린 아주 똑똑하니까. 바다코끼리는 절대 우리를 잡지 못해."

"응……."

로비는 그 말을 믿으려고 애를 썼지만 여전히 온몸을 달달 떨었다. 아저씨는 이제 다이빙대까지 걸어왔다. 위험할 정도로 우리와 가까워졌다. 완전히 덫에 갇힌 것만 같았다. 불쑥 달려 나가 아저씨를 제치고 도망가야 할까? 그때 아저씨가 들고 있는 손전등 불빛이 우리가 숨은 곳 앞쪽 풀밭을 비추었다.

정말 그 방법뿐인가 보다. 막 달려 나가려고 하는데, 로비가 1인용 탈의실을 가리켰다. 이용료가 비싸기 때문에 평소에 탈의실을 이용하는 사람은 거의 없었다. 대부분은 풀밭이나 샤워실에서 수영복을 갈아입었다.

카팅카가 속삭였다.

"저긴 늘 잠겨 있잖아. 안 돼."

로비가 고개를 저었다.

"어제 어떤 남자가 들어갔어. 그냥 들어갔다고."

"어디로?"

내가 소곤거리며 묻자, 로비가 왼편 제일 뒤쪽 칸을 가리켰다. 나는 살금살금 그곳으로 가서 문을 밀었다. 기적처럼 문이 열렸다. 하지만 삐걱대는 소리가 크게 났다. 손전등 불빛이 우리가 있는 쪽으로 향하는 게 보였다. 우리는 재빨리 칠흑처럼 어두운 탈의실로 들어가서 문을 닫았다.

바다코끼리 아저씨가 소리를 질렀다.

"거기 누구야?"

우리는 로비를 중간에 두고 문 뒤에 몸을 바짝 붙이고 서 있었다. 로비의 손이 축축하고 뜨거웠다. 아저씨가 탈의실로 들어와 문을 하나씩 요란하게 열어젖혔다. 이제 우리가 곧 발각될 터였다. 아아, 이제 어쩌지? 끔찍했다. 그런데…….

"어이! 너희, 들켰어! 거기 서!"

아저씨가 소리를 내질렀다. 이게 무슨 소리지? 우리는 아직 여기 서 있는데.

"못된 놈들! 너희, 이제 잡혔다!"

바다코끼리 아저씨가 숨을 헐떡이며 달려 나가는 소리가 들렸다.

우리는 그제야 상황을 이해했다. 우리와 같은 사람들이 또 있었던 것이다. 누군가 우리처럼 야외 수영장으로 몰래 들어온 게 틀림없었다. 바다코끼리 아저씨가 그 사람들을 먼저 발견한 모양이었다.

"오, 오, 오! 세상에!"

카팅카가 나지막하게 말했다. 캄캄한 탈의실에서 그 소리는 열 배쯤 크게 울렸다.

"하마터면 큰일 날 뻔했다!"

로비가 울먹이며 말했다.

"우리, 이제 괜찮은 거야? 얼른 집에 가고 싶어."

"아가, 금방 갈 거야. 그런데 조금 더 기다려야 해. 바로 나가면 들킬

지도 모르니까."

바깥에서 바다코끼리 아저씨 고함이 들리기는 하는데 뭐라고 하는지는 알아들을 수 없었다. 그러다가 사방이 고요해졌다. 아이고, 정말 운이 좋았다!

하지만 아직 완전히 안전한 건 아니었다.

마법에 걸린 밤

우리는 어둠 속에서 이제 어떻게 해야 할지 고민했다. 여기서 밤을 지낼 마음은 이미 오래전에 사라졌다. 어차피 잠을 잘 수도 없었다. 여기서 나가야 했다. 지금 탈의실에서 나가면 어떤 일이 벌어질까? 바다코끼리 아저씨가 어딘가에 숨어서 우리를 잡으려고 기다리고 있을까? 아니면 이미 침대로 돌아가 코를 골고 있으려나? 아무것도 알 수가 없었다.

시간이 좀 더 흘렀다. 더는 견딜 수가 없었다. 시계를 보니 두 시 삼십 분이었다. 나는 탈의실 문고리에 손을 갖다 대었다. 삐걱, 소리가 났다.

바깥으로 나오니 아까보다 훨씬 밝은 달빛이 우리를 맞았다. 눈이 부실 만큼 밝았다. 달빛은 모든 것을 비추어 주었다. 거울처럼 잔잔한 물에, 사그락거리는 풀밭에, 미끄럼틀과 다이빙대에 달빛이 내려와 있었다. 모든 게 마법에 걸린 것 같았다. 로비는 눈을 크게 뜨고 가만히 멈추어 섰다. 아마 로비 눈에 달 고양이가 다시 보이는 듯했다. 하지만 시간이 없었다. 얼른 여기에서 나가야 했다.

우리는 담 가장자리를 따라 배구장 쪽으로 천천히 움직였다. 100미터쯤밖에 되지 않았지만, 발각될까 봐 불안해하는 사람에겐 잔인할 만큼 먼 거리였다. 바다코끼리 아저씨네 집 유리창은 여전히 어두웠다.

우리는 풀밭을 걸어 미끄럼틀까지 가서 잠깐 기다렸다. 아무것도 움직이지 않았다. 사방이 고요했다. 그런데 배구장 쪽으로 조금 더 움직였을 때, 갑자기 그 집의 문이 휙 열렸다!

아저씨가 소리쳤다.

"거기 누구야!"

우리는 재빨리 커다란 나무 뒤에 숨었다. 로비가 나에게 몸을 딱 붙였는데, 뜨거운 입김이 느껴졌다. 정말이지 너무 무서웠다! 오줌을 지리지 않는 게 신기할 정도였다. 아저씨가 또 소리쳤다.

"자, 얼른 나와!"

하지만 손전등 불빛이 다른 방향을 비추었다. 아직 우리를 못 본 게 틀림없었다. 그때 카팅카가 천천히 몸을 숙였다. 그러고는 돌멩이 하나를 집어 들더니 얕은 풀장 쪽으로 던졌다. 돌멩이가 뭔가 딱딱한 것을 맞혔다. 쨍! 금속이 부딪히는 소리가 요란하게 났다. 그러자 바다코끼리 아저씨가 발을 쿵쿵 울리며 그쪽으로 달려갔다.

"빨리 나오라고!"

아저씨는 고래고래 소리를 지르며 미친 듯이 손전등을 휘둘렀다. 지금! 바로 지금이다! 우리는 목숨을 걸고 내달렸다!

배구장을 지나 토끼 구멍까지 갔다. 로비가 제일 먼저 나가고 카팅카가 그 뒤를 따랐다. 내 차례가 됐을 때 뒤에서 바다코끼리 아저씨가 달려오는 소리가 들렸다. 식은땀이 솟았다. 구멍으로 겨우 나가다가 이번에도 윗옷이 걸려서 한 조각이 찢어져 나갔다. 하지만 지금 그런 걸 신경 쓸 때가 아니었다.

내가 빠져나오자마자 아저씨가 구멍 앞에 도착했다. 하지만 아저씨는 울타리 안쪽에 있었다. 덤불이 우거져서 바깥에 있는 우리가 바로 보이지 않을 터였다. 아저씨는 숨을 거칠게 헐떡이면서 구멍에 몸을 욱여넣었다.

"내가 반드시 잡고 말 거다!"

그런데 그다음에 황당한 상황이 벌어졌다. 얼마나 황당하냐면, 만약 우리의 상황이 이렇게 끔찍할 만큼 급박하지 않았더라면 나는 바닥을 데굴데굴 구르며 큰 소리로 웃었을 것이다. 바로…… 바다코끼리 아저씨가 구멍에 몸이 끼여 버린 거다!

아저씨는 구멍에 끼여서 옴짝달싹 못 한 채 끙끙거렸다. 그러면서도 우리 쪽을 향해 마구 화를 냈다. 우리는 아저씨를 그대로 둔 채 계속 달려서 훈련장을 지나고 모퉁이를 돌아 야외 수영장 입구 쪽으로 향했다.

거기에 엄청 비싸 보이는 차가 한 대 서 있었다. 그리고 그 앞에 연인 한 쌍이 서 있었다. 인기척을 느낀 두 사람이 우리 쪽으로 고개를 홱 돌렸다. 루루 선수와 그의 여자 친구였다! 카팅카가 숨을 헐떡이며 말을 걸었다.

"저기요! 도와주세요. 우리, 지금 쫓기고 있어요!"

루루 선수는 무슨 말인지 몰라 우리를 빤히 바라보았다. 내가 간신히 영어를 떠올려 말했다.

"플리즈, 헬프! 헬프 어스."

바로 그 순간, 수영장 출입문이 덜컹이는 소리가 들렸다. 아저씨가 구멍에서 몸을 빼내고 수영장 입구로 나오려고 하는 것이다! 루루 선수와 여자 친구는 그제야 무슨 상황인지 알아챈 듯했다. 여자 친구가 차 문을 벌컥 열더니 다짜고짜 우리를 뒷좌석에 밀어 넣었다. 우리가 납작하게 엎드리자 그 위로 담요를 덮어 주었다.

수영장 출입문이 열렸다.

"이봐요! 여기 누가 달려 나와 지나가는 거 못 봤어요?"

바다코끼리 아저씨가 묻는 소리가 들렸다.

"독일어, 몰라요."

루루 선수가 대답했다. 아저씨가 루루 선수를 알아보았다.

"아, 당신이군요. 한밤중에 왜 수영장 앞에 서 있는 거죠? 혹시 당신이 방금 수영장 안에 들어왔어요?"

그러자 옆에 있던 여자 친구가 목소리를 높였다.

"아니, 그게 무슨 소리예요? 도대체 무슨 생각을 하는 거죠?"

"그냥 물어본 겁니다. 방금 누가 수영장에 침입했거든요. 거의 잡았는데, 빌어먹을!"

"어쨌든 우린 아니에요. 지금 우린 둘이서만 있기에도 바빠요. 안 그래?"

"워."

루루 선수가 이렇게 대답하며 웃었다. 아저씨가 아쉬움이 가득 배인 목소리로 툴툴거렸다.

"흠, 혹시 누굴 보게 되면 알려 줘요!"

"한밤중에 도대체 여기서 누굴 본다는 말이에요? 그리고 이제 우린 가야 해요."

여자 친구가 쌀쌀맞게 대답했다. 그리고 두 사람은 곧바로 차에 탄 뒤 시동을 걸었다.

몇 분쯤 후, 여자 친구가 담요를 벗겨 주며 상냥하게 말했다.

"이제 위험은 지나갔어. 나는 알레나야. 너희는?"

우리는 차례로 자기소개를 했다.

"너희가 야외 수영장에 들어간 거니?"

루루 선수가 운전을 하는 동안, 우리는 알레나 누나에게 좀 전에 무슨 일이 있었는지 모두 털어놓았다. 루루 선수는 백미러로 이따금 우리를 보며 싱긋 웃었다. 이렇게 말하기도 했다.

"나도 그런 적 있어, 어릴 때."

"너희 부모님은 어디 계시니?"

알레나 누나가 물었다.

"집에 계세요. 지금은 주무세요."

카팅카는 이렇게 대답하고는, 새빨갛게 칠한 알레나 누나의 손톱과 입술을 빤히 바라보았다.

"참 재미있게 생기셨네요."

"하하하, 고맙다!"

알레나 누나는 유쾌하게 웃음을 터뜨렸다. 두 사람은 우리를 집 앞까지 태워다 주었다. 모든 일이 꿈같았다. 현실에서는 일어날 수 없는 일, 예를 들어 하늘을 날거나 물 위를 걷는 꿈. 로비는 아무 말도 하지 않고 비행기 조종 계기판처럼 생긴 자동차 계기판만 하염없이 노려보았다.

알레나 누나가 우리를 내려 주며 말했다.

"들키지 않고 잘 들어가길 바라."

"그럼요, 할 수 있어요. 감사합니다."

내가 대답했다. 사실 확신은 없었다.

우리는 발끝을 세우고 살금살금 걸어 계단을 올라갔다. 들킬까 봐 가슴이 조마조마했다. 지금 들키면 엄청나게 혼날 테니까.

아주 조심스럽게 문을 열었다. 현관이 어두컴컴했다. 카팅카가 마지막으로 들어오면서 문을 살며시 닫았다. 그런데 로비가 뭔가에 발이 걸려 비틀거렸다. 쿵! 나는 갑자기 코가 간지러워 재채기가 나왔다. 에취! 우리는 재빨리 방으로 들어가 얼른 옷을 벗고 침대로 뛰어들었다.

그리고 거의 동시에 방문이 열렸다.

"무슨 일이야?"

엄마가 나지막하게 물었다. 우리는 잠든 척했다. 심장이 마구 콩닥거렸다.

"방금 누군가 거실에 있었던 거 같은데?"

"저예요."

로비가 이불 밖으로 얼굴을 빼꼼 내밀고 대답했다. 엄마가 로비 옆에 앉았다.

"우리 아기, 무슨 일이야?"

"꿈을 꿨어요."

"안 좋은 꿈이었니?"

"아니요, 달 고양이 꿈."

"으음……, 그런데 방에서 왜 나왔어?"

"달 고양이를 찾으려고 했어요."

"아이고, 우리 아기. 그럼 계속 꿈을 꾸면 돼. 가만히 침대에 누워서 말이야. 알았니?"

"네, 엄마."

엄마가 나간 후에야 우리는 한숨을 폭 내쉬었다. 그리고 로비에게 방금 얼마나 멋지게 잘해 냈는지 말해 주었다. 그런데 로비가 울기 시작했다. 카팅카가 당황해서 물었다.

"아가야, 왜 그래? 그냥 살짝 거짓말을 한 것뿐이야."

나도 놀라서 거들었다.

"그래, 로비. 그런 걸 하얀 거짓말이라고 해. 이따금 그런 걸 해야 할 일이 생겨……."

로비가 흐느끼며 말했다.

"거짓말이든 뭐든 나는 관심 없어!"

"그럼 왜 울어?"

"달 고양이가 너무 멀리 가 버렸으니까. 나에게 오면 좋겠어."

그 말을 듣고 나와 카팅카는 눈이 마주쳤다. 카팅카는 로비의 말을 알아듣고 다정하게 머리를 쓰다듬었다.

"안 돼. 그러면 달 고양이는 말라 죽고 말 거야."

"정말? 왜?"

로비가 카팅카를 빤히 바라봤다.

"응, 달이 없으면 달 고양이는 살 수 없어."

"아, 그렇구나……."

로비는 아쉬움이 담긴 한숨을 내쉬고 이불을 목까지 덮고는 몸을 비볐다. 그래도 카팅카 말을 듣고 안심한 것 같았다.

"그러면 원래 있던 곳에 있어야지."

잠시 후에 로비는 잠이 들었다. 나지막하게 숨쉬는 소리가 들렸다. 정말이지 긴 밤이었다. 우리도 이제 자야지.

완벽한 알리바이

다음 날 아침은 평소의 토요일과 똑같았다. 느지막하게 일어나 아침을 먹었고, 엄마 아빠는 잠옷 바람으로 신문을 읽었다. 두 사람은 어제 우리가 한 일을 전혀 몰랐다.

카팅카가 로비에게 말했다.

"네가 꼭 원한다면 병을 모으는 사람이 될 수 있어. 하지만 나는 파리에 가서 모델이 되거나 축구 선수의 여자 친구가 될 거야. 아니면 두 가지 다 하거나! 어쩌면 너를 초대할지도 몰라. 그러면 너는 반드시 샤워를 하고 와야 해."

"알았어."

로비는 이렇게 대답하고 창밖을 내다보았다. 로비에게 어젯밤 이야기는 누구에게도 해서는 안 된다고 스무 번쯤 말했지만, 과연 로비가 어떻게 행동할지는 전혀 알 수 없었다.

그때 엄마가 로비에게 다가왔다.

"귀여운 잠투정쟁이야, 잘 잤어?"

"음, 잘 모르겠어요. 어쨌든 잤어요."

로비가 아리송하게 말했다. 카팅카가 뒤이어 재빠르게 말했다.

"엄마, 학교에서 선생님이 라라에게 뭐라고 했는지 아세요? 라라가 필통에 아주 새빨간 립스틱을 넣어 뒀거든요. 그 립스틱으로 라라가 수학 노트에 그림을 그렸는데요……."

"흐음."

엄마는 카팅카의 말을 듣고 한숨을 내쉬었고, 아빠는 한바탕 웃음을 터뜨렸다. 그러자 엄마가 아빠에게 화를 냈다. 두 사람은 조금 티격태격했지만 금방 괜찮아졌다.

평소와 다를 것 없는 토요일 오전이었다. 모든 게 아주 평범했다.

어젯밤은 정말 좋았다. 우리만의 모험이고 비밀이었다. 오직 우리만의 것이었다.

어젯밤에 바다코끼리 아저씨가 과연 우리를 알아보았을까? 그것만은 궁금했다. 만약 알아봤다면 우리라는 걸 증명할 만한 것도 가지고 있을까? 경찰을 불러 우리를 체포하게 할까?

우리는 방에 앉아 열심히 궁리했다. 오늘 수영장에 가는 게 과연 좋은 일일까? 며칠 더 지나면 야외 수영장이 문을 닫으니까 열심히 이용해야 하는데. 아무래도 가는 게 현명한 행동인 것 같았다. 오늘 가면

양심에 거리낌이 없다는 뜻이니까.

카팅카도 그렇게 생각한다고 했다.

"우린 알리바이가 완벽하잖아."

로비가 물었다.

"알리바이가 뭐야?"

"네가 다른 곳에 있었기 때문에 뭔가 했을 리가 없다는 뜻이야."

"우리가 어디에 있었는데?"

"어디긴 어디야, 침대지!"

야외 수영장에 도착하고 나서도 여전히 불안했다. 하지만 그런 낌새를 보이면 절대로 안 되기 때문에 아무렇지 않은 척하려 애썼다. 늘 그렇듯 입구에서 자유 입장권을 내보였다. 사실 누구나 우리를 알기 때문에 그럴 필요가 없긴 했다.

그때 바다코끼리 아저씨가 우리 앞을 막아 섰다.

나는 바닥을 내려다봤다. 작은 돌멩이가 놓여 있었다. 로비는 동물 모양 구름을 찾아 하늘을 쳐다봤다. 카팅카는 바다코끼리 아저씨의 눈을 똑바로 노려봤다.

아저씨가 물었다.

"너희들, 혹시 손전등 잃어버렸니?"

카팅카가 당당한 목소리로 되물었다.

"손전등이요? 여기서요? 아니요, 왜요?"

나랑 로비는 아무것도 모르는 듯한 눈으로 고개를 저었다.

"그럼 다행이고."

아저씨는 더 말하지 않고 막았던 길을 터 주었다. 우리는 늘 앉았던 자리에 깔개를 펼치고 앉았다. 내가 속삭였다.

"바다코끼리는 자기가 똑똑한 줄 아나 봐."

"똑똑하지 않아. 전혀 아니야."

로비가 대답했다. 그때 요한나가 풀밭을 가로질러 왔다. 빨간 바지에 파란 티셔츠 차림이었다.

"안녕?"

요한나가 인사하며 카팅카를 봤다, 나를 보는 게 아니라.

"너희, 오늘은 뭐 해?"

"생각해 봐야지."

카팅카가 대답했다. 요한나는 자연스럽게 깔개에 앉았다. 카팅카 옆에, 내 옆이 아니라.

"어젯밤에 아주 야단법석이었어. 사람들이 또 들어왔거든. 아빠가 거의 잡을 뻔했는데 말이야."

카팅카는 깜짝 놀란 표정을 지었다.

"이해할 수가 없네! 그 사람들은 도대체 여기서 뭘 하려는 걸까?"

"아무도 없을 때 수영하고 놀려는 거지."

요한나가 대답했다.

"수영하러 갈래?"

내가 요한나에게 물었다. 물어볼 생각이 없었는데 저절로 그런 말이 튀어나왔다. 요한나가 내 말을 듣고 눈을 동그랗게 떴다.

"물에 들어가자고? 무지무지 차가울 텐데."

"흠, 괜찮을 것 같은데."

내가 말했다. 사실은 나도 들어가고 싶지 않았다. 여름이 다 지나가고 있어서 날씨도 조금 쌀쌀했으니까. 그런데 요한나가 이렇게 말하는 거다!

"그래, 뭐. 하지만 아주 잠깐만 들어갈 거야."

그러고는 수영복으로 갈아입으려고 집으로 갔다. 카팅카가 사람들이 모두 들을 수 있을 만큼 크게 소리를 질렀다.

"올랄라! 알프 오빠가 또 랑데부를 해! 이번에는 물에서!"

내가 팔을 때렸지만 카팅카는 그저 웃기만 했다.

물은 정말 무시무시하게 차가웠다. 하지만 요한나가 바로 옆에 있었기 때문에 나는 차가운 물이 아무렇지도 않다는 듯이 행동했다. 요한나는 바로 내 옆에서 수영을 했다. 정말 예뻤다. 움직이는 모습도, 긴 머리카락도, 커다란 눈도, 발간 입술도.

조금 뒤 요한나가 말했다.

"나, 나갈래. 너무 추워!"

나는 강해 보이고 싶은 마음에 짐짓 거짓말을 했다.

"나는 차가운 물이 좋아. 물이 더 차가워도 괜찮을 텐데!"

"그래? 그럼 혼자 꽁꽁 얼기를 바랄게."

요한나는 이렇게 말하고는 풀장에서 쌩 나가 버렸다. 나는 깜짝 놀라서 얼른 말을 바꿨다.

"아니야, 나도 같이 나갈게."

요한나가 나를 빤히 바라보았다. 나는 문득 요한나를 우리 집에 초

대하고 싶다는 생각이 들었다. 야외 수영장이 문을 닫으면 내년 여름까지는 요한나를 만날 수 없을 테니까. 나는 잠깐 고민하다가, 그냥 짧게 말했다.

"이다음에 우리 집에 놀러 와. 우리가 어디 사는지 알려 줄게."

"음……, 그래."

요한나가 대납했다. 좋아하는지 아닌지 도통 알 수가 없었다.

우리 자리로 다시 와 보니, 말리 남자애들이 카팅카 옆에 앉아 있었다. 카팅카가 세 명에게 뭔가 읽어 주는 중이었다. 로비는 그 옆에서 잠을 자고 있었다. 내가 다가갔다.

"뭐 읽어?"

카팅카는 거만한 눈길로 나를 보며 대답했다.

"당연히 프랑스어지. 그러니까 듣지 마!"

세 명이 가지고 온 것은 프랑스 스포츠 신문이었다. 카팅카는 신문을 코밑에 바짝 대고는 잘난 척하려고 크게 소리 내어 읽었다. 하지만 계속 실수를 했고, 그때마다 세 명이 발음을 고쳐 주었다. 그래서인지 카팅카는 짜증이 잔뜩 난 것 같았다.

카팅카가 생각보다 프랑스어를 잘하지는 못한다는 사실에 나는 기분이 은근히 좋았다. 하지만 한편으로는 동생이 선생님도 없이, 또 전혀 배울 필요도 없는 프랑스어를 독학했다는 게 자랑스러웠다. 언제나 그랬다. 카팅카 때문에 짜증이 나기도 하고 자랑스럽기도 했다.

갑자기 세 명이 불쑥 일어나서 신문을 집어 들고 가 버렸다. 카팅카가 투덜거렸다.

"완전히 바보 같은 글이었어. 그건 제대로 된 프랑스어가 아니야. 난 립스틱이나 파리에 관한 글은 뭐든지 읽을 수 있단 말이야. 축구에 관한 글은 멍청이들이나 읽는 거라고!"

집으로 돌아가는 길에 콘라트 아저씨를 만났다. 아저씨는 강가에 서서 일렁이는 물결을 바라보고 있었다. 옆에 있는 수레에는 빈 병이 서너 개뿐이었다. 로비가 아저씨에게 달려갔다.

"병이 조금밖에 없네요."

아저씨가 고개를 끄덕였다.

"그래, 꼬마야. 그러니까 정말로 병 모으는 사람이 될 건지 아주 잘 생각해 봐야 해. 가끔씩은 진짜 힘들거든……."

"아저씨, 화물차 운전사 말고는 또 무슨 일을 하셨어요?"

카팅카가 물었다.

"음, 아주 오래전에는 전기 기사였지. 그 후에는 수위였어. 또 항구에서 일한 적도 있단다. 또 너희에게 말했듯이, 화물차 운전사로도 일했고."

나는 나중에 뭐가 되고 싶은지 아직 생각해 본 적이 없었다. 아마 경주용 자동차 운전자나 소방관? 제일 좋은 건 프로 축구 선수다. 하지만 그건 한참 나중의 일이고, 일단 복싱 체육관에 등록하는 게 먼저였다.

아저씨가 우리 모두에게 물었다.

"야외 수영장은 어땠니? 여름이 끝나 가는데."

"좋았어요!"

내가 대답했다. 사실이니까. 어쨌든 나는 좋았다. 카팅카는 아까의 기분이 아직 나아지지 않아서인지 불퉁하게 대답했다.

"별로였어요."

"흐음, 난 이제 가 봐야겠다. 병을 좀 더 찾아봐야지……."

아저씨 말에 로비가 물었다.

"저도 같이 가도 돼요?"

"아니야, 꼬마야. 너는 집에 가야지. 이제 자야 해!"

"다음에는 아저씨를 도울래요."

그러자 콘라트 아저씨가 활짝 웃더니, 우리에게 몸을 숙여 인사했다.

"그래, 알았다. 그때까지 너희 셋 모두 잘 지내라! 몸조심하고!"

집에 도착하자, 이미 저녁 식사가 준비되어 있었다. 우리는 식탁 앞에 둘러앉아 이런저런 이야기를 나누었다. 카팅카는 프랑스 스포츠 신문 때문에 여전히 흥분해 있었다. 아빠가 웃으며 카팅카의 머리를 쓰다듬었다. 엄마는 새로운 언어를 배울 때는 관심이 없는 것도 읽을 수 있어야 한다고 말했다.

"그것도 다 포함되는 거야. 세상은 패션과 화장으로만 이루어진 게 아니거든."

카팅카는 뾰로통한 얼굴이 되어 입을 비쭉거렸다. 그 모습을 가만히 보다가 내가 말했다.

"모레는 야외 수영장 마지막 날이에요. 그 후에는 집 근처 모퉁이에 있는 복싱 체육관에 가고 싶어요."

"어디인지 나도 알아, 아들. 다음 주에 같이 가서 한번 살펴보자."

아빠가 대답했다.

좋은 생각이었다. 나는 이제 곧 강해질 내 모습을 상상해 봤다. 나에게 뻔뻔하게 굴 사람은 아무도 없을 거다. 굉장한 근육이 생기겠지, 강철 같은 주먹도.

"난 모델 학원에 갈 거야."

카팅카의 말에 나는 웃음을 터뜨렸다.

"무슨 학원?"

"모, 델, 학원!"

카팅카는 한 글자 한 글자 힘을 주어 말했다.

"오빠는 이해가 느려서 그런 걸 상상하지 못하는 거야. 모델 학원에서는 모델이 할 줄 알아야 하는 모든 걸 배워. 그러면 '독일 차세대 톱 모델' 경연 대회에 참가할 수 있지."

"너, 그런 건 어디서 듣고 그렇게 자세히 아는 거니?"

엄마가 한숨을 내쉬며 물었다.

"내 또래 여자아이들은 다 아는 거예요."

카팅카가 대답했다. 엄마는 외계인을 보듯이 카팅카를 빤히 바라보았다.

"그리고 프랑스어도 배울 거고요. 매일! 강철 같은 의지를 지녀야 해요. 다들 기억해 둬요!"

카팅카는 치즈 한 장을 빵에 얹으며 우리에게 미소를 지었다. 아주 멋지고, 아주 거만하게. 이렇게 미소 지을 수 있는 사람은 이 세상에서 카팅카밖에 없었다.

엄마는 로비에게 고개를 돌렸다.

“로비, 너는? 야외 수영장이 문을 닫으면 뭘 하고 싶니? 너는 뭐가 될래?”

로비는 가만히 있나가 어깨를 으쓱했다.

“모르겠어요. 두고 봐야죠. 뭔가는 늘 되니까요.”

엄마와 아빠, 카팅카와 나는 로비를 빤히 바라보았다. 우리는 로비를 정말 사랑한다. 로비는 언제나 알쏭달쏭한 말을 하니까. 그리고 마치 고양이처럼 아무것도 없는 곳을 가만히 바라보니까.

여름의 끝

야외 수영장의 마지막 날이 되었다.

한여름처럼 날씨가 갑자기 더워졌다. 매표소에서 마지막으로 자유이용권을 보여 줄 때 우리는 무척 엄숙한 기분이었다. 하지만 매표소 아주머니는 늘 그렇듯, 지루한 표정으로 우리에게 어서 들어가라고 손짓했다.

바다코끼리 아저씨가 매점 앞에 서서 담배를 피우고 있었다. 우리는 못 본 척하며 그냥 지나가려고 했다. 그런데 아저씨가 먼저 말을 걸었다.

"자, 이제 끝이구나."

"네."

"요한나는 오늘 없다."

바다코끼리가 나를 보며 미소를 지었다. 나에게…… 미소를 지었다! 나는 뭐라고 말해야 좋을지 몰라 우물쭈물했다. 카팅카와 로비는 나만 남겨 두고 이미 가 버렸다. 한참을 어색하게 서 있다가 겨우 웅얼거리듯 대답을 했다.

"음, 네. 그럼 이제 가 볼게요."

"흐음."

아저씨는 대답 없이 큰 소리를 내고서 다시 담배를 피웠다.

우리는 늘 그랬듯이 깔개를 펴고 앉았다. 이제 마지막이라고 생각하니까 기분이 이상했다. 다시 오려면 몇 달이나 기다려야 했다. 정확하게 말하자면 내년 5월까지였다. 내년에는 우리에게 자유 이용권이 없을 터였다. 우리가 물에 빠진 아이를 구해 내는 일이 또 일어나지는 않을 테니까.

오늘을 기념하기 위해 뭔가 특별한 걸 하고 싶었다. 하지만 좋은 아이디어가 떠오르지 않아서 일단 10미터 다이빙대에 올라가기로 했다. 카팅카는 1,000미터를 수영하고, 로비는 넓은 풀장에서 레인을 네 번 오가기로 했다.

다이빙대는 사람들로 꽤 붐볐다. 내 또래 아이들을 비롯해서 형과 누나들이 위쪽에 서 있었다. 아래에서 구경하는 사람들도 많았다. 이렇게 많은 사람들이 보는 데서 뛰어내리는 건 처음이었다. 다른 때는 늘 비가 와서 거의 아무도 없었다. 무슨 이유에선지 갑자기 무서워져서 뛰어내리기가 싫어졌다.

"음, 일단 샤워부터 해야겠다. 그런 다음에 와야지."

내가 사다리 앞에 서서 이렇게 중얼거리자 저만치에서 카팅카가 소리쳤다.

"세상에! 겁쟁이! 오빠는 겁쟁이야!"

나는 무진장 짜증이 났다. 카팅카는 쉬지 않고 외쳤다.

"용기를 내! 용기를 좀 내라고!"

로비는 두 눈을 꾹 감았다.

"그래, 알았어."

나는 심호흡을 하고 사다리를 올라갔다. 10미터 위에 도착하자, 다이빙을 하려고 기다리고 있던 사람들이 모두 나를 바라보았다. 특히 좀 더 큰 형들은 나를 대놓고 빤히 봤다. 여자아이들도 몇 명 있었다. 갑자기 나 자신이 아주 작고 보잘것없는 존재인 것처럼 느껴졌다.

하지만 아니다. 이제 곧 달라질 거다. 여기에서 뛰어내리면!

나는 다이빙대 끝을 향해 천천히 걸어갔다. 우아, 정말 초조했다! 난간이라도 붙잡고 싶었지만 이미 몇 명이 잡고 서 있었다. 그래서 아무것도 잡지 않은 채 다이빙대 거의 끝까지 갔다. 남자아이 세 명이 바닥에 앉아서 풀장을 내려다보고 있었다.

내가 그 옆에 서서 물었다.

"뛸 거야?"

"당연하지. 금방 뛸 거야. 여기 위가 아주 시원하네."

나는 그 애들이 실제로는 겁을 먹고 있다는 걸 알았지만 아무 말도 하지 않았다. 아래에는 카팅카와 로비가 서서 위를 보며 손을 흔들고 있었다. 로비는 지금 구름 속에 있었다.

더 오랫동안 아래를 보면 오늘 뛰어내리지 못할 터였다. 나는 몸을 날려 허공을 갈랐다.

하늘이 파랬다. 내가 이제 곧 들어갈 풀장처럼 파란색이었다.

물속에서 눈을 떠 보니, 내 옆에서 카팅카와 로비가 불쑥 고개를 내밀었다. 풀장 한가운데로 삼수하면서 웃으며 나에게 손짓을 했다. 우리는 할 수 있는 모든 것을 누리며 굉장한 여름을 보낸 삼 남매였다. 우리는, 로비와 카팅카와 나는 늘 그랬듯이 우리였다.

나는 물 밖으로 나오며 크나큰 만족감을 느꼈다. 나에게, 다이빙대와 풀장에게, 해와 바람에게.

카팅카는 1,000미터를, 로비는 레인을 다섯 번 수영했다. 로비는 주변에서 무슨 일이 일어나든 아무 관심 없어 보였다. 무사히 수영을 마치고 나와 감자튀김과 아이스크림이 먹고 싶다고 했다. 나랑 카팅카도 똑같은 게 먹고 싶었다.

우리는 깔개에 앉아 아무 말 없이 감자튀김과 아이스크림을 먹었다. 무슨 말을 더 할 수 있을까? 오늘은 이곳에서 보내는 마지막 날인데. 야외 수영장에서의 여름은 지나갔다.

우리는 아딜 형과 이야기를 나누고 있는 바다코끼리 아저씨를 바라보았다. 여자아이 두 명과 서서 웃고 있는 아마두와 압둘과 이수프도 봤다. 매점 앞에 앉아 구운 소시지를 먹고 있는 토르벤과 토르벤 아버지도 봤다. 지금 여기엔 요한나만 없었다.

이제 집으로 돌아갈 시각이었다. 우리는 짐을 쌌다. 바다코끼리 아저씨와 동료들이 다이빙대 바로 옆에 탁자와 그릴 기구를 세웠다. 사람들이 다 가면 파티를 하려는 모양이었다. 그런데 아딜 형이 우리에게 다가와서 이렇게 물었다.

"올래?"

내가 되물었다.

"어디를요?"

"관리소장님이 파티를 여신대, 여름이 끝난 기념으로."

우리는 아딜 형을 빤히 쳐다봤다.

"여기, 늘 왔던 손님들을 위해서."

혹시 속임수가 아닐까? 바다코끼리 아저씨가 그날 밤의 일로 우리를 심문하려는 건가? 우리는 곰곰이 생각해 봤다. 집으로 출발하기까지 15분쯤은 시간이 있었다. 게다가 소시지와 스테이크 냄새가 무척 맛있게 풍겨 왔다. 생각을 끝낸 카팅카가 짐짓 어른스러운 척을 하며 우아한 말투로 말했다.

"좋아요! 초대에 기쁘게 응하겠어요."

이미 많은 사람들이 다이빙대 아래에서 음식을 먹고 있었다. 대부분은 손에 맥주병을 들고 있었다. 모두 낯이 익은 얼굴들이었다. 여름 내내 이곳에 왔던 사람들. 친절한 할머니들도 있었다. 아이는 우리뿐이었다.

여러 가지 음식이 차려져 있었고, 마음대로 골라 먹을 수 있었다. 우리는 맛있는 음식을 먹고 탄산음료도 실컷 마셨다. 그러면서 이제 아무도 수영하지 않는 풀장을 가만히 바라보았다. 물이 거울처럼 잔잔했다.

바다코끼리 아저씨가 불쑥 맥주병을 칼로 탁탁 두드렸다. 모두 이야기를 멈추고 아저씨 쪽으로 고개를 돌렸다. 아저씨가 상냥한 표정을 지으며 말했다. 그런 표정은 처음 보았다.

"여름 시즌이 또 끝났습니다. 여러분이 자주 찾아와 주셔서 기분이 매우 좋았습니다. 가끔 날씨가 상냥히 좋지 않았지만 말이지요!"

그 말을 듣고 우리 모두 고개를 끄덕였다. 아저씨가 말을 이었다.

"하지만 물속에 있으면 아무 상관이 없지요. 어차피 젖으니까요."

이번엔 모두 웃음을 터뜨렸다.

"자, 그럼 내년에 만납시다!"

아저씨는 마지막으로 이렇게 말하고는 병을 번쩍 들어 올렸다. 모두 함께 건배했다. 우리도 했다. 우리 옆에 서 있던 어느 아저씨는 한 손에는 구운 소시지를, 다른 손에는 맥주병과 담배를 한꺼번에 들고 있었다. 카팅카가 그 아저씨를 빤히 보았다.

"왜 그러니?"

아저씨가 묻자 카팅카가 대답했다.

"맥주병을 깨물고, 구운 소시지를 피우고, 담배를 마시지 않게 조심하세요."

몇몇 사람이 웃었다. 하지만 그 아저씨는 웃지 않았다.

이제 정말 돌아갈 시각이 되었다. 우리는 다시 풀장을 바라보았다. 누군가 뛰어들기만을 바라고 있는 텅 빈 풀장.

자, 이리 와. 풀장이 우리를 불렀다.

우리는 로비를 중간에 세우고 손에 손을 잡은 채 풀밭을 지나 출구로 향했다.

여름은 그렇게 끝났다. 학교가 끝난 후에 수영을 하러 가지 않으니 기분이 이상했다. 며칠 동안 우리는 그냥 집에 늘어져 있으면서, 학교가 끝난 후에 잠자리에 들 때까지 멍하니 시간을 보냈다. 그 긴 시간에 뭘 해야 할지 전혀 알 수가 없었다.

하지만 그래도 계속되어야 했다. 내 말은, 삶이 그렇다는 말이다.

그러다가 드디어 아빠와 복싱 체육관에 갔다. 체육관에는 땀 냄새가 진동했다. 몸이 우락부락하고 머리카락을 촘촘하게 땋은 남자가 우리에게 다가왔다. 나도 빨리 이런 헤어스타일을 하고 싶었다.

"하미드입니다. 여기 관장이지요."

그리고 우리에게 악수를 청했다. 아빠와 나, 모두에게. 아빠는 훈련하는 모습을 한번 지켜보고 싶다고 말했다. 관장 아저씨는 흔쾌히 대답했다.

"그럼요, 문제없습니다."

며칠 후에 나는 복싱 체육관에 등록을 했다.

난 이렇게 설명을 계속 이어갈 수도 있다. 요한나가 어떻게 우리 집에 처음 왔고, 그 후에 몇 번이나 더 오게 됐는지.

로베르트가 어떻게 나와 가장 친한 친구가 됐는지.

아니면 카팅카 이야기를 할 수도 있다. 우리 집은 사실 그렇게 넉넉

한 편이 아니지만, 엄마 아빠는 카팅카에게 프랑스어 과외 선생님을 구해 주었다. 이름은 루시고, 진짜 프랑스 사람이다.

그리고 로비 이야기도 있다. 로비는 정말로 거리에서 병을 모으기 시작했다. 아니면 로비의 자전거 사고 이야기도 할 수 있다. 하늘을 쳐다보며 자전거를 타다가 벌어진 일이다. 그때 이후로 우리는 자전거를 탈 때면 언제나 헬멧을 써야 한다.

이런 일이 일어났고, 반복해서 일어난다.

다행이다.

이번 여름 야외 수영장에서 좋았던 기록들

1. 아침에 도착했는데 텅 비어 있을 때. 풀장에는 아무도 없고, 물이 거울처럼 반질거린다.
2. 물이 엄청나게 튀는 엉덩이 폭탄 다이빙.
3. 감자튀김을 찾아내어 입에 물고 저 멀리로 날아가는 까마귀.
4. 비가 내려 축축하게 젖은 풀밭을 맨발로 걷기.
5. 햇빛이 반짝반짝 빛나는 무늬를 만들며 물이나 풀장 바닥에 어른거리는 것.
6. 풀장 가장자리에 누워 눈 감고 있기. 그러면 물이 철썩거리는 소리와 사람들이 서로 외치는 소리가 들린다.
7. 수영하고 나서 몸이 무겁고 나른한 느낌.
8. 매점. 달팽이 모양 과일 젤리. 감자튀김에 공짜로 뿌려 주는 마요네즈와 케첩.
9. 빗속에서 타는 미끄럼틀.
10. 얼음처럼 차가운 물에서 수영한 뒤에 즐기는 따뜻한 샤워.
11. 피부로 느껴지는 수영장 소독약 냄새.
12. 집으로 돌아갈 때 하늘에 드리우는 저녁노을.

야외 수영장

첫판 1쇄 펴낸날 2021년 7월 19일
6쇄 펴낸날 2022년 12월 20일

지은이 빌 그멜링 **옮긴이** 전은경
펴낸이 박창희
편집 김수진 **디자인** 김선미
마케팅 최창호 **회계** 양여진

펴낸곳 (주)라임
출판등록 2013년 8월 8일 제2013-000091호
주소 경기도 파주시 심학산로 10, 우편번호 10881
전화 031) 955-9020, 9021 **팩스** 031) 955-9022
이메일 lime@limebook.co.kr **인스타그램** @lime_pub

ISBN 979-11-89208-82-0 44850
979-11-951893-0-4 (세트)

* 잘못된 책은 구입하신 서점에서 바꾸어 드립니다.
* 본서의 반품 기한은 2027년 12월 31일까지입니다.